모두의 행복

KB208458

**EINES JEDEN GLÜCK by Virginia Woolf**
**Herausgegeben von Jutta Rosenkranz © Insel Verlag Berlin 2016**

All rights reserved by and controlled through Insel Verlag Berlin.
Korean Translation © 2025 by Yolimwon Publishing Group
The Korean language edition is published by arrangement with
INSEL VERLAG ANTON KIPPENBERG GMBH & CO. KG through MOMO Agency, Seoul.

# VIRGINIA WOOLF

## 모두의 행복
버지니아 울프와 함께
정원을 걷다

### EINES JEDEN GLÜCK

버지니아 울프 지음 모명숙 옮김

읻다

**일러두기**

1. 이  책의 원서는 『EINES JEDEN GLÜCK』이며 원주는 [ ]로 표기하였습니다.

난 무척 행복한데 아주 행복하지는 않아.
이런 정신 상태가 편지에서 모든 것을 압도하다면
당신은 좋아할까?

─버지니아 울프가 비타 색빌웨스트에게 보낸 편지 中

차례

# I

## 하얀 시계풀이 담을 타고 자랐다 9
### 유년기의 정원과 풍경

# II

## 모든 것이 고요하고 마음을 달래준다 49
### 자기만의 정원

# III

## 꽃이 만개한 아몬드 나무 129
### 런던의 공원과 정원

# I

## 하얀 시계풀이 담을 타고 자랐다

### 유년기의 정원과 풍경

이틀 전, 정확히 말하면 1939년 4월 16일 일요일에 네사는 내가 회고록 집필을 시작하지 않으면 곧 너무 늙어버릴 거라고 말했다. 어려움이 몇 가지 있다. 첫째는 내가 기억하는 일들이 어마어마하게 많다는 것이고, 둘째는 기억에 남는 일들을 가지고 글을 쓸 수 있는 방식이 여러 가지로 많다는 점이다. 나는 회고록을 많이 읽는 독자로서 다양한 많은 방식을 알고 있다. 그러나 그 방법들을 면밀히 살피고 분석하고 그 장점과 아쉬운 점을 따져보기 시작한다면, 오전이—나는 두 시간 내지 기껏해야 세 시간 이상을 낼 수가 없다—다 지나가버릴 것이다. 그래서 나만의 방식이 저절로 나타날 것—또는 그렇지 않다면 그게 중요하지 않을 것임을 명료하고 확실하게 알고서 그 방식을 선택하느라 시간을 허비하지 않고 시작하련다—첫 번째 기억을.

그 기억은 검정색 바탕의 빨간색과 자주색 꽃—나의 어머니의 옷—에 대한 것이다. 어머니는 기차나 합승마차에 앉아 있었고 나는 어머니의 무릎에 앉아 있었다. 그래서 나는 어머니가 달고 있던 꽃들을 아주 가까이서 보았다. 그래서 여전히 검정색보다는 자주색과 빨간색과 파란색을 먼저 보게 되는 것 같다. 틀림없이 아네모네였을 것으로 짐작한다. 우리는 세인트아이브스로 갔을 것이다. 하지만 불빛으로 보아 판단하건대 틀림없이 밤이었을 테니 우리가 런던으로 돌아왔을 가능성이 더 크다. 물론 예술가적인 이유로는 우리가 세인트아이브스로 갔다고 추측하는 게 더 맞는다. 그것 또한 나의 첫 번째 기억인 것처럼 보이는 다른 기억으로 나를 데려가고, 그 기억이 실제로 나의 모든 기억들 중에서 가장 중요하기 때문이다. 만일 삶의 밑바탕에 어떤 받침돌이 있다면, 만일 삶이 채우고 채우고 채우는 그릇이라면, 나의 그릇은 의심의 여지없이 이 기억 위에 있다. 그 기억은 세인트아이브스에서 아이들 방의 침대에 반은 잠들고 반은 깨어 있는 상태로 누워 있던 순간에 관한 것이다. 그것은 하나, 둘, 하나, 둘, 파도가 부서지고 밀려드는 물결로 인해 백사장에 포말이

이는 소리를 듣는 것에 관한 것이다. 그리고 다시 노란색 차일 뒤로 하나, 둘, 하나, 둘, 파도가 부서지는 소리를 듣는 것에 대한 것이다. 그것은 바람에 차일이 부풀면서 도토리 모양의 작은 장식이 바닥을 스치는 소리를 듣는 것에 관한 것이다. 그것은 침대에 누워 포말이 이는 소리를 듣고 불빛을 보며, 내가 이곳에 있다는 게 거의 당치 않다고 느끼는 것에 관한 것이다. 내가 상상으로만 할 수 있는 가장 순수한 황홀경을 느끼는 것에 관한 것이다. 〔…〕

하지만 나는 아이들 방에 집중할 것이다. 거기엔 발코니가 있었다. 발코니엔 칸막이벽이 있었지만, 나의 아버지와 어머니의 침실 발코니와 붙어 있었다. 어머니는 종종 흰색 아침 가운을 걸치고 발코니로 나왔다. 하얀 시계풀이 담을 타고 자랐다. 별 모양을 한 커다란 꽃으로, 자주색 줄무늬에 반은 속이 비어 있고 반은 차 있는 커다란 녹색 꽃봉오리가 달려 있었다.

내가 화가라면 이 첫인상을 연노란색과 은색과 녹색

으로 그릴 것이다. 거기에는 연노랑 차일, 녹색 바다, 은색의 시계풀이 있었다. 나는 둥근 형상을 반투명으로 만들어낼 것이다. 곡선의 꽃잎으로 형상을 만들 것이다. 조개로, 그리고 반투명한 것들로 만들 것이다. 빛이 두루 비추지만 어떤 뚜렷한 윤곽도 보이지 않는 곡선 형태를 만들 것이다. 모든 것은 크고 불분명할 것이며, 눈에 보이는 것은 동시에 귀로도 들을 수 있을 것이다. 소리가 이 꽃잎이나 잎에 스며들 것이다. 소리는 형상들과 구별하기 어려울 것이다. 소리와 형상이 똑같이 이 첫인상을 이루는 것처럼 보인다. 침대에서 맞던 이른 아침을 생각하면, 아주 높은 곳에서 낙하하는 까마귀가 까옥까옥 울어대는 소리도 들린다. 울음소리는 까마귀가 날고 있는 낭창낭창하고 끈적끈적한 대기를 뚫고 돌진하는 것 같다. 대기는 울음소리가 날카롭고 명확해지지 못하게 막는다. 탤런드 하우스Talland House 위의 공기가 그 특성상 울음소리를 부유하는 상태로 붙잡고 있다가 서서히 아래로 가라앉게 하는 것 같았다.

마치 울음소리가 푸른색 고무 장막에 붙잡힌 것처럼.
까마귀의 울음은—하나, 둘, 하나, 둘—부서지는 파도
와 그 파도가 뒤로 물러났다가 다시 모일 때 생기는 포
말의 일부이다. 그리고 나는 그곳에서 반은 깨어 있고
반은 잠든 상태로 누워, 이루 형용할 수 없는 황홀경을
내 안에 받아들였다.

그다음의 기억은—색깔과 소리가 뒤섞인 이 모든 기
억은 세인트아이브스와 관련이 있다—훨씬 더 견고했
다. 그 기억은 극도로 감각적이었다. 그것은 나중에 떠
올랐다. 그 기억은 나를 여전히 온기로 채워준다. 마치
모든 것들이 무르익은 것처럼. 윙윙거리고 햇빛이 내리
비치는 것처럼. 아주 많은 향기를 한꺼번에 알아차리는
것처럼. 그리고 전부 다 합쳐서 하나의 전체가 생겨나
는데, 그것이 오늘까지도 나를 잠시 멈추게 한다. 그
당시 백사장으로 내려가는 길에 멈추었던 것처럼. 나는
위쪽에 서서 정원들을 내려다보았다. 정원들은 길 아래
깊숙이 있었다. 사과들이 내 머리 높이에 달려 있었다.

정원들은 꿀벌들의 윙윙 소리를 토해냈고, 사과들은 빨 갛고 금빛이었다. 분홍색 꽃들도 있었고, 잿빛과 은색 의 잎들도 있었다. 벌의 윙윙거림, 구구구 비둘기 울음 소리, 향기. 이 모든 것들이 그 어떤 얇은 막을 육감적 으로 압박하는 것 같았다. 얇은 막을 터뜨리려는 게 아 니었다. 그보다는 벌이 신나서 완전히 황홀하게 사람 주 위를 윙윙거리며 돌아서, 나는 멈추고 숨을 들이쉬며 바 라볼 정도였다. 하지만 나는 그 황홀경을 묘사할 수가 없다. 그것은 무아지경보다는 넋을 잃는 황홀경이었다.

이 형상들―하지만 그 당시 눈으로 본 것에는 항상 귀로 들은 것이 대단히 섞여 있어서 형상이라는 단어 는 적절하지 않다―의 강렬함, 즉 이 인상들의 강렬함 은 어쨌든 나를 다시 옆길로 빗나가게 한다. 그 순간 들―아이들 방에 있거나 백사장으로 가는 길에 있던 순간들―은 여전히 현재의 순간보다 더 현실적일 수 있다. 〔…〕 때때로 나는 이 오전보다 더 온전한 상태로 세인트아이브스로 돌아갈 수 있다. 나는 마치 내가 그곳에 있는 것처럼 일들이 일어나는 그대로 관찰하는 것 같은 상태에 이를 수 있다. 말하자면 나의 기억력이 내가 잊었던 것을 마음대로 쓰게 해서, 실제로는 내가 일이 생기게 하는데도 불구하고 마치 그 일이 나와 무관하게 일어나는 것처럼 보이는 것 같다. 어떤 호의적인 분위기에서는 기억들—잊었던 것—이 수면으로 떠오른다. 그런데 그렇다면—종종 자문하는 것이지만—우리가 엄청 강렬하게 느꼈던 것들이 우리의 뇌와 무관하게 존재한다는 것, 실제로 여전히 존재한다는 것이 가능하지 않을까? 그리고 만약 그렇다면, 시간이 흐르면 기억을 캐낼 수 있는 장비가 만들어질 거라고 생각할 수 있지 않을까? 언젠가 때가 되면 우리가 기억을 두드려 깨울 수 있는 장비를 개발하는 것도 가능하지 않을까? 나는 기억—과거—을 내 뒤에 있는 하나의 도로로, 장면들, 즉 감정들로 이루어진 하나의 긴 띠로 본다. 거기, 그 도로의 끝에는 여전히 정원과 아이들 방이 있다. 여기서 어떤 장면을 기억하고 저기서 어떤 소리를 기억하는 대신에, 나는 벽에 플러그를 꽂고 과거에 귀를 대고 들을 것이다. 1890년 8월의 볼륨을 높일 것이다. 나는 강렬한 감정이 틀림없이 흔적을 남긴다고 느낀다. 그리고 중요한 것은 우리가 다시 그 감정과 어떻게 결합될 수 있는지를 알아내는 것뿐이다. 우리가 삶을 처음부터 다시 한번 경험할 수 있기 위해서.
〔…〕

이것 역시 나의 첫 기억들 중 일부이다. 그러나 물론 그 기억들은 나의 삶에 대한 보고라는 오해의 소지가 있다. 왜냐하면 기억하지 못하는 일들도 마찬가지로 중요하기 때문이다. 어쩌면 더 중요할지도 모른다. 만일 어느 하루를 죄다 기억할 수 있다면, 나는 적어도 표면상으로는 아이로서의 삶이 어땠는지 묘사할 수 있을 것이다. 그런데 안타깝게도, 이례적인 것만 기억나는 법이다. 그리고 어떤 사건은 이례적이고 또 어떤 사건은 그렇지 않은 이유는 없는 것 같다. 나는 내가 기억하는 것보다 더욱 기억할 가치가 있다고 생각했을 법한 아주 많은 일을 어째서 잊어버렸을까? 백사장으로 가는 길에 정원의 벌들이 윙윙거리던 것을 기억하면서, 아버지가 발가벗은 나를 바다로 던진 일은 어떻게 완전히 잊어버렸을까? (스윕윅 부인은 그 현장을 직접 보았다고 말한다.)

이것으로 주제에서 벗어나게 되는데, 나 자신의 심리를 좀 설명해주는 것 같다. 심지어 다른 사람들에 대해서도. 이른바 소설을 쓸 때 이와 같은 문제가 나를 종종 어떤 어려운 문제에 직면하게 했다. 즉, 내가 사적인 약칭으로 '비존재'라고 부르는 것을 어떻게 묘사해야 하나. 하루하루는 존재보다 비존재를 더 많이 담고 있다. 〔…〕 언제나 그랬다. 매일 매일의 상당 부분은 의식적으로 살아지지 않는다. 걷고 먹고 사물들을 보고, 해야 할 일을 보살핀다. 고장 난 진공청소기. 만찬에 대한 설명. 〔…〕 빨래하기. 음식 만들기. 책 제본하기. 운수 나쁜 날이면 비존재의 비중이 훨씬 더 크다. 나는 지난주에 열이 약간 있었다. 그날 거의 종일 비존재였

다. 진정한 작가라면 어떻게든 두 종류의 존재를 전달할 수 있다. 〔…〕

그러니까 아이였을 때 나의 하루하루는 지금과 똑같이 이 솜뭉치, 즉 비존재를 상당 부분 갖고 있었다. 세인트아이브스에서의 몇 주가 지나갔는데, 나에게는 어떤 것도 인상을 남기지 못했다. 그런 다음 내가 알지 못하는 이유로 인해 갑작스레 심히 충격적인 일이 발생했다. 뭔가 일이 매우 격렬하게 일어나서 나는 그것을 평생 기억했다. 몇 가지 예를 들어보겠다. 첫 번째 예는 내가 잔디밭에서 토비와 싸웠다는 것이다. 우리는 주먹으로 서로를 마구 때렸다. 내가 그를 때리려고 주먹을 올리는 바로 그때 이런 느낌이 들었다. 어째서 다른 사람에게 고통을 주려는 걸까? 나는 그 즉시 손을 내리고 그대로 서서 그가 나를 때리도록 두었다. 나는 그 느낌을 기억한다. 절망적인 슬픔의 느낌이었다. 마치 어떤 끔찍한 일을 알아차린 것 같았다. 그리고 나 자신의 무력함을 알게 된 것 같았다. 나는 그 느낌으로

부터 혼자 살금살금 도망쳐버렸고, 엄청 의기소침한 기분이었다. 두 번째 사건도 세인트아이브스의 정원에서 벌어졌다. 나는 정문 옆의 꽃밭을 눈여겨보았다. "이게 전부야." 하고 내가 말했다. 나는 넓게 펴지는 잎을 가진 어떤 식물을 살펴보았다. 그리고 갑자기 그 꽃이 땅의 일부라는 점이 아주 명백해 보였다. 어떤 고리 같은 것이 꽃을 에워쌌는데, 그것은 진짜 꽃으로 일부는 땅이고 일부는 꽃이라는 것이 아주 분명해 보였다. 이것은 훗날 아마도 대단히 유용할 어떤 것으로 여겨져서 내가 따로 간직해둔 생각이었다. 세 번째 사건도 세인트아이브스에서 일어났다. 밸피라는 성을 가진 사람들이 세인트아이브스에 머물다가 떠났다. 어느 날 저녁 우리는 음식이 나오기를 기다리고 있었다. 그때 나는 어찌어찌하여 아버진가 어머닌가가 밸피 씨가 자살했다고 말하는 것을 들었다. 그다음으로 내가 기억하는 것은 저녁마다 정원에 있다가 사과나무 옆의 오솔길을 따라서 걸었다는 것이다. 그 사과나무가 밸피 씨의 자살이 불러일으킨 공포와 연관된 것처럼 보였다. 나는 그 사과나무를 지나갈 수가 없었다. 나는 공포에 사로 잡힌 채—달 밝은 밤이었다—거기에 서서 나무껍질의 회녹색 주름들을 바라보았다. 나는 가망 없게도 결코 벗어나지 못하는 절대적 절망의 구덩이로 끌려들어가는 것 같았다. 내 몸이 마비된 것 같았다.

이것들은 이례적인 순간들을 보여주는 세 가지 사례이다. 나는 그 순간들에 대해 자주 이야기한다. 아니 오히려 그 순간들이 돌연히 수면으로 올라온다. 그러나 그 순간들을 처음으로 기록한 지금, 나는 전에는 결코 알지 못했던 어떤 것을 깨닫는다. 그 순간들 중 두 번은 절망의 상태로 끝났다. 다른 한 순간은 반대로 만족의 상태로 끝났다. 꽃을 보며 "이게 전부야." 하고 말했을 때, 나는 어떤 발견을 했다는 느낌이 들었다. 돌아가서 이리저리 돌려보고 탐구할 뭔가를 내 머릿속에 비축했다고 느꼈다. 이제는 그것이 큰 차이였다는 게 명료해진다. 그것은 우선 절망과 만족의 차이였다. 이런 차이가 생겨난 것은, 인간들이 서로에게 고통을 주고 있고 내가 본 적이 있는 남자가 자살했다는 사실을 알게 되는 고통을 내가 전혀 다룰 수 없었다는 사실 때문이라고 생각한다. 그 공포감이 나를 무력하게 만들었다. 그러나 나는 그 꽃의 경우에는 어떤 이유를 찾아냈고, 그래서 그 감정을 다룰 수 있었다. 나는 무력하지 않았다. 시간이 지나면―시간상으로 멀다 하더라도―그 감정을 설명할 수 있다는 것을 나는 알고 있었다. 꽃을 보았을 때의 내 나이가 다른 두 가지 경험을 했을 때보다 더 많았는지는 모르겠다. 〔…〕

이러한 나의 직관―직관은 매우 본능적이어서 내가 만든 것이 아니라 나에게 주어진 것처럼 보인다―은 내가 세인트아이브스의 정문 옆 화단에서 그 꽃을 본 이후 내 삶에 확실히 척도를 부여했다.

***

    1881년이 틀림없다고 생각하는데, 아버지가 어느 도
보 여행길에 세인트아이브스를 발견했다. 아버지는 그
곳에서 묵다가 탤런드 하우스가 세를 놓는다는 것을
알게 되었음에 틀림없다. 그는 그 소도시가 호텔이나
호화 주택이 없이 거의 16세기의 모습 그대로인 것을
틀림없이 보았을 것이다. 그리고 만灣이 태초의 모습
그대로인 것도 보았음에 틀림없다. 나는 그 해가 세인
트어스St Erth부터 세인트아이브스까지 열차편이 생긴
첫해였다고 생각한다. 그 이전에는 세인트아이브스는
철도에서 8마일이나 떨어져 있었다. 아마도 트리게나
Tregenna에서였을 텐데, 아버지는 샌드위치를 먹으면서
그의 방식대로 차분히 그 만의 아름다움에 감명을 받
았음에 틀림없다. 그리고 이곳이야말로 여름휴가 장소
로 어김없이 고려될 거라 생각하고 평소처럼 신중하게
방법을 강구했다. 나는 그다음 해 1월에 태어날 예정이

었다. 부모가 가족의 수를 제한하길 원해서 내가 태어나지 않도록 할 수 있는 것을 하면서도, 아버지는 두 사람이 취하는 조치가 효과적이지 않다는 것을 알고 있었음에 영락없다. 에이드리언은 나의 출생 후―다시 피임 대책을 세웠는데도 불구하고―1년 뒤(1883)에 태어났다. 그 시절의 안락함과 부유함을 보여주는 증거가 있다. 그야말로 돈에 집착한 남자는 아버지의 표현대로 잉글랜드의 가장 바깥쪽 발톱에 있는 주택을 빌리는 것을 실용적이라고 여겼다. 그래서 그는 여름마다 아이들, 유모, 하인들을 잉글랜드의 이쪽 끝에서 저쪽 끝으로 데리고 가는 비용을 조달해야 했다. 그런데 아버지는 그것을 해냈다. 아버지와 어머니는 그레이트 웨스턴 레일웨이 컴퍼니로부터 집을 빌렸다. 어떤 면에서 보면 먼 거리는 단점이었다. 우리가 여름에만 그곳에 갈 수 있었기 때문이다. 결과적으로 우리가 시골에서 생활하고 싶은 욕구는 연중 두 달 혹은 길어야 세 달 정도로 해소되었다. 나머지 달들은 오직 런던에서만 지냈다.

그러나 나중에 생각해보니, 우리가 어렸을 때 누렸던 어떤 것도 큰 차이는 없었다. 즉, 우리에게는 대략 콘월에서 보낸 여름만큼의 의미가 있었다. 시골은 런던에서 여러 달을 보낸 후 콘월로 가는 것 때문에 더 간절해졌다. 우리의 집과 정원을 갖고, 만과 바다와 습지를 갖고, 〔…〕 첫날 저녁에 노란색 차일 뒤로 파도가 부서지는 소리를 듣고, 모래를 파헤치고, 고깃배를 타고 나가고, 바위 위로 기어올라가 빨간색과 노란색 말미잘들이 촉수를 뻗는 것이나 아니면 해파리 덩어리가 바위에 달라붙는 것을 보고, 웅덩이에서 꼬리로 내리치는 작은 물고기를 찾고, 자패紫貝(복족강의 조개 – 옮긴이)를 잡고, 식당에 있을 때 문법책에서 시선을 들어 올려 만 위의 빛이 어떻게 달라지는지를 보고, 에스칼로니아 Escallonia의 회색 또는 연녹색 잎들을 보고, 시내로 가서 1페니로 실내 장식용 못 한 통이나 주머니칼을 사고, 래넘 씨 부부의 집 근처를 얼쩡대고 〔…〕 가파르고 좁은 거리들에서 온갖 비릿한 생선 냄새를 맡고, 입에 생

26

선 뼈를 문 수없이 많은 고양이를 보고, 집 앞 층계에서 여자들이 양동이에 담긴 더러운 물을 길옆의 도랑에 쏟아버리는 것을 보고, 날마다 노란색 막에 덮인 생크림인 콘월 크림을 한 대접 먹고, 블랙베리에 흑설탕을 넉넉히 뿌려 먹고……. 내가 하나씩 차례로 기억하는 것으로도 몇 페이지는 채울 수 있을 것이다. 그걸 다 합치니까 세인트아이브스에서 보낸 여름이 상상으로만 가능한 인생의 가장 좋은 시작이 되었다. 아버지와 어머니가 탤런드 하우스를 빌렸을 때, 우리에게―어쨌든 나에게―영원한 어떤 것, 즉 매우 귀중한 것을 준 셈이다.〔…〕

우리 집 탤런드 하우스는 시내를 막 벗어나서 언덕에 자리하고 있었다. 그레이트 웨스턴 레일웨이가 누구를 위해 그 주택을 지었는지는 모른다. 그 주택은 1840년대 아니면 1850년대에 지어졌음에 틀림없다. 집을 그린 아이들의 그림처럼 정사각형 주택이었다. 다만 평평한 지붕과 그 지붕 주위로 뻗어 있는 십자형 난간 때문에 눈에 띨 만했다. 또 어린아이가 그리는 그림 같았다. 그 집은 경사면을 따라 내려가는 어느 정원 안에 있었다. 그리고 그 비탈은 가지각색의 정원들로 나뉘어져 빽빽한 에스칼로니아 울타리로 둘러싸였는데, 그 잎들은 눌릴 때 아주 달콤한 향기를 풍겼다. 정원에는 별도의 구석과 그 주변 잔디밭이 아주 많아서 전부 다 각각 이름이 있었다. 커피 정원이 있었고, 분수—촉촉한 상록식물의 울타리로 둘러싸이고 물이 떨어지는 구멍이 있는 수조—가 있었다. 크리켓 구장이 있고, 검푸른 클레마티스 잭마니Clematis Jackmanii가 자라고 있는 온실 아래쪽으로는 은밀히 사랑을 나누는 구석진 곳이 있었다. 〔…〕 그다음으로는 채소밭과 딸기밭이 있었고, 윌리 피셔가 직접 만든 작은 기선을 고무 띠로 작동하는 외륜外輪으로 띄우던 연못과 커다란 나무가 있었다. 이처럼 분리된 가지각색의 영역들은 전부 다 기껏해야 2 내지 3에이커의 정원에 포함되었다. 커다란 나무 대문을 통해 정원에 발을 들여놓으면 찰칵 잠기는 자물쇠 소리가 났는데, 귀에 익은 소리였다. 그리고 나서 사람들은 가파른 바위벽 아래쪽에 사철 채송화의 두껍고 부드러운 잎들이 흩뿌려져 있는 길을 올라갔다. 그러자 팜파스그라스pampas grass(남미 초원 지대가 원산인 갈대 비슷한 풀—옮긴이) 덤불 사이로 망대가 나타났다. 망대는 정원의 높은 돌담 위로 우뚝 솟아 있는, 풀이 무성한 언덕이었다. 우리는 역의 신호기가 내려가는 것을 기다리기 위해 종종 그곳으로 갔다. 신호기가 내려가면 기차를 맞으러 역으로 출발해야 하는 시간이었다. 로엘 씨, 깁스 씨, 스틸만 부부, 러싱턴 부부, 사이먼즈 부부를 태우고 오는 기차였다. 그러나 그것은 친구를 맞이하는 어른들의 일이었다. 우리는 친구들이 방문한 적이 없다. 그럴 친구들을 바라지도 않았을 것이다. "우리 넷" 이면 아주 충분했다. 언젠가 웨스트레이크 부인의 엘지라고 불리는 아이가 우리 집에 놀러 왔을 때 "나는 그녀가 정원을 통해 가도록 했다." 나는 바람에 날려 내 앞에 쌓인 가을 낙엽 한 무더기를 쓸어내듯 그녀를 밀어낸

것을 여전히 기억한다. [⋯]

　매일 오후가 되면 "우리는 산책을 나갔다." 뒷날 이 산책들은 일종의 형벌이 되었다. 어머니는 우리 중 하나가 아버지를 따라가야 한다고 주장했다. 아버지의 건강과 무사함에 지나치게 집착한 어머니는 내가 때때로 생각하는 것처럼 아버지를 위해 우리를 너무도 기꺼이 희생시키려 했다. 이런 식으로 어머니는 아버지의 의존성을 우리에게 유산으로 물려주었는데, 어머니가 세상을 떠난 후 그 의존성은 아주 가혹한 부담이 되었다. 어머니가 아버지를 그냥 내버려두었더라면 우리의 관계에는 더 좋았을 것이다. 그러나 여러 해 동안 어머니는 아버지의 건강에 맹목적으로 집착했다. 그리고 이런 식으로—또 우리에게 어떤 영향을 미치는지 고려하지 않고—자신을 혹사하다가 마흔아홉의 나이에 죽었다. 반면에 아버지는 계속 살아갔고—아버지는 무척 건강했다—일흔둘의 나이에도 암으로 죽기가 아주 어렵다고 생각했다. 내가 오래된 원망을 여전히 품고 있으면서 이런 이야기를 끼워 넣고 있지만, 그럼에도 불구하고 세인트아이브스는 내가 이 순간 염두에 두고 있는 저 "순수한 기쁨"을 우리에게 주었다. 느릅나무의 레몬색 잎들. 과수원의 사과들. 잎들이 속삭이고 바스락거리는 소리는 나를 여기에 멈추게 하고, 인간의 힘이 아닌 얼마나 많은 힘들이 우리에게 계속 영향을 미치고 있는지를 생각하게 만든다. 지금 이 글을 쓰고 있는 동안 빛이 타오른다. 사과는 반짝이는 녹색을 띤다. 나는 온몸으로 반응한다. 하지만 어떻게? 나의 창문 아래에서 작은 올빼미 한 마리가 울어댄다. 나는 다시 반응한다. 비유적으로 말하자면, 나는 생각하는 바를 스냅사진 같은 이미지로 포착할 수 있을 것이다. 나는 감각들 위를 표류하는 물이 새는 배이고, 눈에 보이지 않는 광선들에 노출되어 있는 감광판이다. 또는 어떤 세 번째 목소리에 대한 막연한 생각으로 괴로워한다. 나는 레너드에게 말하고, 레너드는 나에게 말한다. 우리 둘은 세 번째 목소리를 듣는다. 나는 오전 내내 내가 생각하는 바를 분석하는 대신, 즉 이 목소리들의 숨결을 내 돛단배에 받아들이고 일상적인 삶을 한 번은 이 방향으로 또 한 번은 저 방향으로 순항하면서 나의 몸을 그 목소리들에 맡길 때 내가 진짜인 것을 생각하는지, 내가 꾸며내는 것인지 아니면 진실을 말하고 있는 것인지를 알아내려고 애쓰는 대신, 정말로 이렇게 영향을 미치는 것의 존재를 확인할 뿐이다. 짐작건대 그것은 대단히 중요할 것이다. 나는 그것이 다른 사람들에게 미치는 영향을 확인해보는 방법을 알아낼 수가 없다. 〔…〕 나는 언젠가 탐색해볼 광맥을 표시하기 위해 이 지점에 표지판을 하나 세운다. 그리고 수면으로 복귀한다. 즉 세인트아이브스로.

우리가 일요일에 흔히 하는 산책은 트릭 로빈 혹은 아버지가 트렌 크롬이라고 부르는 데까지였다. 그 위에 올라서면 두 바다를 볼 수 있었다. 이쪽 바다의 성 미카엘 산과 저쪽 바다의 등대가 보였다. 콘월의 모든 산이 그렇듯이, 성 미카엘 산에는 온통 화강암 덩어리들이 깔려 있었다. 그중 상당수는 오래된 무덤이나 제단이라고 했다. 몇몇 덩어리에는 마치 문설주를 박기 위한 것처럼 구멍이 나 있었다. 어떤 덩어리들은 포개져서 층을 이룬 바위들이었다. 흔들바위는 트렌 크롬의 꼭대기에 있었다. 우리는 그 바위를 흔들어보았는데, 이끼로 덮인 고르지 않은 표면의 오목한 부분은 희생 제물의 피가 고이게 하는 용도였을 거라는 말을 들었다. 그러나 진리를 엄격하게 신봉하는 아버지는 그 말을 믿지 않았다. 아버지의 생각으로는 이것이 진짜 제물용 흔들바위가 아니고 보통의 바위들이 자연적으로 그렇게 배열된 것이라고 말했다. 작은 오솔길들이 벨 헤더bell heather와 헤더heather(낮은 산과 황야 지대에서 자라는 야생화 - 옮긴이) 사이를 지나 산 위쪽으로 이어졌다. 우리는 금작화에 무릎이 찔렸다. 달콤하고 고소한 향기가 나는 샛노란 금작화였다. 또 다른 산책길, 그러니까 아이들을 위한 짧은 산책길은 요정의 나라로 이어졌다. 두꺼운 벽으로 둘러싸인 그 외딴 숲을 우리는 그렇게 불렀다. 우리는 그 벽 위를 걸으며, 떡갈나무와 우리의 머리보다도 높이 자란 큰 양치류가 있는 숲을 내려다보았다. 숲은 오배자(오크나무 잎에 생기는 둥그스름한 혹-옮긴이) 향기를 풍겼다. 컴컴하고 축축하고 고요하고 신비로웠다. 보다 긴 모험적인 산책은 헤일스타운 늪지로 이어졌다. 또다시 아버지가 우리의 표현을 바로잡아 주었다. 우리는 그곳을 헬스톤 늪지라고 말했는데, 진짜 이름은 헤일스타운이었다. 이 토탄 늪지에서 우리는 이끼나 풀로 덮여 단단해진 부분 이쪽에서 저쪽으로 풀쩍풀쩍 뛰어다녔다. 발이 닿는 곳마다 철벅철벅 소리가 났고, 우리는 습지의 갈색 물에 무릎까지 빠졌다. 거기에서는 고비와 보기 힘든 공작고사리가 자랐다. 〔…〕

오배자와 아래쪽에 작은 포자 더미가 달려 있는 양치류, 보트 경주, 찰리 피어스, 정원 문이 딸깍 잠기는 소리, 뜨거운 앞쪽 계단 위를 떼 지어 지나가는 개미들, 실내 장식용 못을 사는 것, 보트 타기, 헤일스타운 늪지의 냄새, 트레베일의 농가에서 다과를 위해 준비한 콘월식 크림을 곁들인 달콤한 작은 빵, 수업 시간 동안 색이 달라지는 해저, 고리버들 의자에 앉아 있는 나이든 월스튼홈 씨, 잔디밭에 떨어진 얼룩얼룩한 느릅나무 잎들, 떼까마귀가 이른 아침에 집 위를 날아가면서 까옥까옥 울어대는 소리, 회색 뒷면을 보여주는 에스칼로니아 잎들, 헤일의 화약고가 폭발할 때 생기는 오렌지 조각 같은 곡선, 부표의 울부짖음—이 모든 것은 지금 어떤 이유에선지 세인트아이브스를 생각할 때 맨 먼저 떠오르는 것들이다. 연관성이 없고 다채로운 목록, 가라앉은 그물의 지점을 표시하는 작은 코르크들.

그리고 이 뒤죽박죽인 기억의 그물을, 내용물을 따로 분류하지 않은 채 물가로 끌어올리기 위해, 즉 끝이 없는 이 이야기의 종지부를 찍기 위해 덧붙일 말이 있다. 나의 어머니가 죽기 전 이삼 년 동안(그러니까 1892년부터 1894년까지) 어른들이 세인트아이브스를 떠나는 문제에 대해 언급하는 불길한 조짐이 아이들 방에도 전해졌다. 먼 거리는 부담이 되었다. 그 사이에 조지와 제럴드는 런던의 일자리를 수락했다. 토비의 학교와 에이드리언의 학교 등 여타의 비용 지출이 시급해졌다. 그리고 나서 우리가 7월에 갔을 때 우리의 망루 바로 맞은편에 오트밀 색의 커다란 사각형 호텔이 돌연 나타났다. 어머니는 연극적인 몸짓을 해가며 경치를 망쳤다고 말했다. 세인트아이브스가 폐허가 될 거라고 했다. 그래서 이 모든 이유 때문에 10월의 어느 날 우리의 정원에 부동산 중개인의 간판이 꽂혔다. 집을 새것처럼 보이게 해야 했기 때문에, 나는 페인트로 몇몇 철자─세를 놓습니다─를 쓸 수 있었다. 페인트칠하는 즐거움이 그곳을 떠나야 하는 걱정과 뒤섞였다. 그러나 한두 번의 여름이 지나도록 세입자는 나타나지 않았다. 우리는 위험을 피할 수 있기를 바랐다. 그리고 나서 어머니는 1895년 봄에 세상을 떠났다. 그러자 즉시 아버지는 세인트아이브스를 다시는 찾지 않겠다고 결정했다. 그리고 한 달 후쯤 제럴드가 혼자 그곳으로 갔던 것 같다. 그는 밀리 다우라는 사람에게 임대계약 판매

를 주선했다. 그것으로 세인트아이브스는 영원히 사라
졌다.

『존재의 순간들』 중 「지난날의 스케치」에서 발췌

# 런던—켄싱턴 가든스Kensington Gardens

우리의 삶은 대단히 단순하고 규칙적으로 배열되어
있었다. 삶은 사건들로 차고 넘치지는 않지만, 어떤 면
에서 보면 그 이후의 모든 것보다 훨씬 자연스러운 두
커다란 영역으로 나뉘는 것처럼 보인다. 우리의 의무들
이 아주 분명했고, 우리의 즐거움은 전적으로 적절했기
때문이다. 세상은 우리가 요구하는 온갖 만족을 주었
다. 한 영역의 시간은 집 안에서, 즉 살롱과 아이들 방
에서 보내지고, 다른 영역의 시간은 켄싱턴 가든스에서
보내졌다. 〔…〕 계절을 구분하게 해주는 냄새와 꽃과
단풍잎과 마로니에 열매 들이 있었는데, 모든 것에는
셀 수 없이 많은 연상들과 일 초 안에 뇌를 가득 채우
는 힘이 담겨 있었다. 어디에나 흰색 나방이 있는 긴
여름 저녁이 있었고, 장작을 적당한 크기로 자를 수 있
는 환한 겨울 저녁이 있었다.

『존재의 순간들』 중 「회상들」에서 발췌

나는 켄싱턴 가든스를 이틀 전에야 보았기 때문에 어

린아이가 보는 것처럼 바라볼 수가 없다. 차가운 오후였는데, 모든 벚나무가 갑자기 퍼붓는 우박의 차가운 노란 빛 속에서 귀신처럼 보였다. 내가 일곱 살이던 1890년에는 켄싱턴 가든스가 지금보다 훨씬 더 컸다는 것을 알고 있다. 한편으로 켄싱턴 가든스는 하이드 파크와 연결되어 있지 않았다. 지금 나는 켄싱턴 가든스에서 하이드 파크까지 걷는다. 우리는 자동차를 타고 가다가 새로 생긴 매점에서 멈춰 선다. 그러나 당시에는 브로드 워크Broad Walk, 라운드 폰드Round Pond, 그리고 플라워 워크Flower Walk가 있었다. 그 당시에는—나는 그때로 돌아가려고 할 것이다—출입구가 두 개 있었는데, 하나는 글로스터 로드Gloucester Road 건너편에, 다른 하나는 퀸스 게이트Queen's Gate 건너편에 있었다. 출입구마다 늙은 여자가 한 명씩 앉아 있었다. 퀸스 게이트 쪽의 노파는 창백하고 마맛자국이 있는 염소같이 생긴 얼굴에 마르고 초췌한 모습이었다. 그녀는 견과류와 구두끈을 팔았던 것 같다. 〔…〕 또 다른 늙은 여자는 포동

포동하게 살찌고 땅딸막했다. 그녀는 흔들리는 풍선 한 무더기를 붙잡고 있었다. 나부끼며 계속 움직이는, 매우 탐나는 이 풍선 다발을 줄 하나로 잡고 있었다. 내가 보기에 풍선들은 어머니가 달고 있던 꽃처럼 언제나 빨간색과 보라색으로 빛났다. 그리고 계속 공중에서 흔들렸다. 1페니를 내면 노파는 부풀어 오른 부드러운 풍선 다발에서 하나를 빼 주었고, 나는 풍선을 들고 춤추며 떠났다. 그녀도 숄을 두르고 있었고, 얼굴은 주름투성이였다. 집에 갈 때까지만 해도 멀쩡했던 풍선들이 아이들 방에 들어가고 나서는 쭈글쭈글해지는 것처럼. 〔…〕 아네모네, 즉 요즘 팔리고 있는 파란색과 보라색 꽃다발을 보면 나는 언제나 켄싱턴 가든스의 출입구 앞에서 풍선들이 물결치는 모습이 떠오른다.

그다음에 우리는 브로드 워크를 걸어 올라갔다. 브로드 워크는 특이한 점이 하나 있었다. 세인트아이브스에서 돌아와 그곳을 맨 먼저 산책할 때마다 우리는 투덜거리며, 그곳이 전혀 언덕이 아니라고 말했다. 한 주한 주 지나면서 언덕은 서서히 점점 더 가팔라지더니 마침내 여름이 되자 다시 언덕이 되었다. 수렁—플라워 워크 뒤쪽의 꽤나 황폐해진 땅을 우리는 그렇게 불렀다—은 에이드리언과 나에게는 적어도 과거의 광휘를 지닌 곳이었다. 내가 하려는 말은, 네사와 토비가 아주 어렸을 때 그곳이 진짜 수렁이었다고 그들이 우리에게 이야기해주었다는 것이다. 그들은 그곳에서 개의 해골을 발견했었다. 그 수렁에는 갈대가 무성했고 웅덩이 투성이였음에 틀림없다고 우리는 생각했다. 그 개가 굶주림에 지쳐 물에 빠져 죽었다고 믿었기 때문이다. 우리가 있을 때만 해도 그곳은 여전히 진창 같긴 했지만 물은 다 빠져 있었다. 그러나 우리에게 그곳은 언제나 과거를 지닌 곳이었다. 그리고 우리는 당연히 그곳을 세인트아이브스 근처의 습지 헤일스타운 보그Halestown Bog와 비교했다. 양치류가 자라는 헤일스타운 보그와 말이다. 덩이 모양의 뿌리가 있는 굵은 양치류는 나무들이 비스듬히 잘리면 그곳으로 이동해 자리를 잡았다.

나는 가을마다 잘린 나무 몇 개를 집으로 가져와 펜대 꽂이를 만들었다. 켄싱턴 가든스를 언제나 세인트아이브스와 비교하는 것은 아주 당연한 일이었고, 당연히 언제나 런던이 불리했다. 그 근처에서 때때로 플라워워크에 흩어져 있는 조개껍데기를 밟아 부수는 것은 즐거운 일 중 하나였다. 조개껍데기는 해변의 조가비처럼 작은 줄무늬가 나 있었다. 한편 악어 나무는 그대로 여전히 거기에 있다. 스피크 모뉴먼트Speke Monument(나일강의 발원지를 발견한 탐험가 존 해닝 스피크(1827~1864)를 기리기 위해 켄싱턴 가든스에 세운 탑 - 옮긴이)로 가는 오솔길에 있는 나무였다. 나무의 커다란 뿌리가 드러나 있었다. 뿌리는 반쯤 우리들의 손길에 닳아 반질거렸는데, 우리가 언제나 그것을 타고 올라갔기 때문이다.

우리는 무수히 많이 했던 겨울 산책의 지루함을 쫓으려고 걸어가면서 이야기들을 지어냈다. 똑같은 대목에서 다시 시작되고 우리 각자가 번갈아서 계속 만들어낸 길고 긴 이야기들이었다. 〔…〕 켄싱턴 가든스의 산책은 지루했다. 우리가 런던에서 보낸 시간 대부분은 비존재적이었다. 켄싱턴 가든스에서 매일 두 번씩 한 산책은 변화 없이 매우 단조로웠다. 나 자신에 대해 말한다면, 그 시절에는 비존재로 두껍게 뒤덮여 있었다. 우리는 온도계 옆을 지나서 갔다. 가끔 온도계 눈금이 작은 어느 점 표시 아래에 있었지만, 우리가 매일 스케이트를 타던 1894년에서 1895년으로 넘어가는 혹독한 겨울을 제외하고 자주 그렇지는 않았다. 그 겨울에 내가 시계를 떨어뜨렸는데, 무례한 남자가 시계를 돌려주면서 돈을 달라고 했다. 그때 어느 친절한 부인이 동전 세 개를 내놓았는데 그 남자는 은전만 받겠다고 말했다. 그러자 그 부인은 고개를 가로젓고는 물러났고, 우리는 온도계가 있는 곳을 지나 초록색 제복에 금실로 장식된 모자를 쓴 문지기 옆을 지나쳐서 연못을 빙 돌아 플라워 워크 쪽으로 올라갔다. 우리는 자연스레 작은 배를 띄웠다. 굉장한 날이었다. 그날 콘월 양식의 나의 작은 돛배가 연못 한가운데까지 완벽하게 항해하더니 내 눈앞에서 갑자기 가라앉아 나를 깜짝 놀라게 했다. 아버지는 "너 봤어?" 하고 소리치며 성큼성큼 내 쪽으로 왔다. 우리 둘 다 그것을 보았고 둘 다 놀랐다. 기적을 완성하기 위해 나는 몇 주 후 봄이 되었을 때 연못을 따라 걷고 있었다. 평저선을 탄 어떤 남자가 연못의 좀개구리밥을 뽑아내고 있었다. 그의 저인망 그물에 나의 돛배가 모습을 드러내자 나는 흥분을 주체하지 못했다. 나는 그 돛배가 내 것이라고 말했고, 그는 그것을 나에게 주었다. 나는 집으로 달려가 놀랄 만한 이 이야기를 들려주었다. 그러자 어머니는 돛을 새로 꿰매주었고, 아버지는 돛에 삭구를 장치해 주었다. 나는 아버지가 저녁 식사 후에 활대에 돛을 고정시키는 것을 지켜본 기억이 난다. 그리고 아버지가 얼마나 흥미로워했는지, 숨을 좀 헐떡이면서 반쯤 웃고는 "말도 안 돼. 이 일이 이렇게 재미있다니!" 같은 말을 했던 것을 기억한다.

나는 불시에 나타나는 대단히 많은 여러 사건들—켄

싱턴 가든스에서 일어난 장면들—을 한데 모을 수 있을 것이다. 우리에게 1페니가 생기면 궁전 근처의 하얀 집으로 가서, 당시 그곳에서 과자점을 운영하고 주름살 없는 얼굴에 뺨이 붉고 회색의 면 원피스를 입은 여자에게서 사탕을 샀던 장면. 한 주의 특정한 요일에 「티트 비트Tit-Bits」(1881년 10월 22일 창간된 영국의 주간 잡지 – 옮긴이)를 사서 풀밭에 앉아, 우리가 동전 크기만 한 초콜릿을 사 등분해서 "치어Frys"라고 불렀는데 초콜릿을 그렇게 잘게 쪼개면서 잡지에 실린 유머를 읽던—나는 독자의 편지를 가장 좋아했다—장면. 우리가 손수레로 급커브를 돌아 질주하다가 어떤 부인과 맞부딪쳤고 그녀의 동생으로부터 호되게 야단을 맞았던 장면. 우리가 난간에 새그를 묶어두자 아이들 몇 명이 공원 관리인에게 우리가 잔인하다고 말했던 장면. 하지만 그 당시에 이런 이야기들은 켄싱턴 가든스를 영원히 반복해서 도는 일에 잠깐 변화를 주긴 했지만 그다지 흥미롭지는 않았다. 〔…〕

켄싱턴 가든스를 되돌아볼 때면 사건들이 내가 참을성 있게 묘사할 수 있는 것보다 훨씬 더 많이 떠오르기는 하지만, 선명하고 균형 잡힌 외부 세계의 모습들은 가끔씩만 떠올릴 수 있다. 어린아이의 관점은 특이할 수밖에 없는 것 같다. 어린아이는 풍선이나 조가비를 극도로 명확하게 본다. 나는 여전히 파란색과 보라색의 풍선을 보고 있고, 조가비의 줄무늬를 본다. 그러나 그 시점들은 거대하고 텅 빈 공간들에 둘러싸여 있다.

\*\*\*

나는 그 즈음(어머니가 죽은 후인 1895년)에 켄싱턴 가든스에 갔던 장면이 기억난다. 아주 더운 봄날의 어느 늦은 오후였고, 우리—네사와 나—는 플라워 워크 뒤쪽의 키가 큰 풀 속에 누웠다. 나는 『황금 보고The Golden Treasury』를 지니고 있었다. 그 책을 펴고 어떤 시를 읽기 시작했다. 그리고 문득 처음으로 그 시(그것이 어떤 시였는지는 잊었다)가 이해되었다. 마치 그 시를 완전히 이해할 수 있게 된 것 같았다. 그 시의 단어들이 단어이기를 멈추고 무척 강렬해져서 몸소 경험하고 있는 것처럼 보일 때 그 단어들에서 투명하다는 느낌을 받았다. 그리고 마치 그 단어들이 좍 펼쳐지는 것처럼 사람들이 이미 무엇을 느끼고 있는지 예측할 수 있을 정도였다. 나는 무척 놀라서 그 느낌을 설명하려고 했다. "무슨 말인지 이해할 것 같아." 하고 내가 어색하게 말했다. 나는 네사는 그것을 잊었다고 짐작한다. 내가 한 말을 듣고서 내가 그 뜨거운 풀밭에서 느낀 그 기이한 느낌을, 즉 시가 현실이 된다는 느낌을 이해할 수 있는 사람은 없었을 것이다. 그리고 내가 한 말은 또한 그 느낌을 전달하지 못한다. 그 느낌은 내가 글을 쓸 때 가끔씩 느끼는 것과 일치한다. 펜이 그 낌새를 알아채는 것이다.

『존재의 순간들』 중 「지난날의 스케치」에서 발췌

# II

## 모든 것이 고요하고 마음을 달래준다

### 자기만의 정원

# 애쉬햄 하우스 Asheham House(1913~1919)

　그런데 비가 내리는데도 대체로 여기보다 더 아름다운 곳은 없어. 우리는 정원과 씨름하고 있어. 정원에 뿌리가 1미터나 되는 잡초가 넘쳐나는 바람에 결국 우리는 어마어마하게 큰 구덩이를 파서 나무와 짚으로 채우고 그 위에 흙을 쌓아 올리고는, 쐐기풀을 태워 없애기를 바라면서 전부 다 불 질러야 했어. 여섯 시간이나 구덩이를 파고 나무와 짚을 힘들여 끌고 가느라 우리의 온몸에서 그저 땀만 줄줄 흘러내리고 시골 무지렁이들이 그런 우리 모습에 포복절도할 지경이 된 후, 우리는 등유 한 통을 그 위에 붓고 전부 다 불을 붙였어. 그때 갑자기 폭풍우가 일더니 불이 꺼지고 흙이 흠뻑 젖어서 우리는 다시 처음부터 시작해야 했어. 게다가 테라스를 고쳐 짓고, 두더지와 집토끼는 물론이고 튤립이 꽃을 피우지 못하게 하는 알 수 없는 병과도 싸우고 있어. 여기에 꼭 와야 해. 와서 조언해주어야 해. 그럴 거지?

1913년 4월 11일, 바이올렛 디킨슨Violet Dickinson,1865~1948에게 보낸 편지

대단히 아름답고 따뜻한 날이었다(은행 휴무일). 다 운스Downs(잉글랜드 남부 및 동남부의 구릉지대 - 옮긴이)에 위치한 루이스Lewes의 악단이 연주하는 소리가 들렸다. 간혹 대포 소리도 들렸다. 뒤쪽의 산등성이를 올라갔 다. 버섯을 많이 발견했다. 나비, 갈퀴덩굴속의 풀, 둥 근 모양의 들상추, 백리향, 마조람 등도 많았다. 보통 보이는 적갈색 매가 아니라 회색을 띤 매도 보았다. 나 무에 자두가 몇 개 달려 있었다. 우리는 사과를 찌기 시작했다.

일기, 1917년 8월 6일


루이스로 차를 타고 나갔다. 〔…〕 백합 뿌리 10여 개 와 잎이 붉은 식물 몇 개를 사서 커다란 화단에 심었다.

일기, 1917년 8월 18일


날이 다시 무척 따뜻하고 바람이 분다. 엉겅퀴 관모 가 바람에 흩날려 집을 지나서 아주 자욱하게 들판 위

를 날아간다. 〔…〕 각각 말 세 마리가 끄는 두 대의 벌
초기가 도로 다른 쪽 들판에서 곡식을 벴다. 언제나 원
을 그리며 수확했다. 5시경에 마지막 구간을 끝냈다.
이미 벤 곡물은 강 건너편 들판에 두었다. 정원에서 캔
감자를 먹는다. 오늘은 공습이 한 번 있었다. 램즈게이
트Ramsgate에.

일기, 1917년 8월 22일


눈을 떴을 때 집은 안개에 감싸여 있었다. 우리는 밤
중에 초원에서 안개를 보았다. 날씨가 개고 나니, 거의
바람 한 점 없는 화창한 날이었다. 우리는 오후에 사과
를 따기 시작했다. 나는 낮은 데 달린 사과를 땄고, L은
뜰의 사다리를 타고 높은 데 달린 사과를 땄다.

일기, 1917년 9월 4일


이제 완연한 가을인데도 다시 무척 아름다운 날이다.
떼까마귀가 나무에 내려앉아 이른 아침에 큰 소리로

소란을 피운다. 호두가 몇 개 익었다. 달리아가 화단에서 완전히 꽃을 피운다. 나무들이 이제 너무 앙상해서 언덕에 오르면 우체부가 나무들 사이를 지나가는 것이 보일 정도. 맞은편 들판의 토끼풀은 베어져 들판에 놓여 있다. 저쪽 다운스에는 수확한 곡식이 여전히 좀 있다. 우리는 점심을 먹고 나서 테라스에 앉아 있었다. L은 정원에서 일했다.

일기, 1917년 9월 22일

6시경에 커다란 붉은 태양이 가라앉고 있다. L은 떼까마귀가 와서 오늘 아침에 나무에서 호두를 쪼아 먹었다고 말한다. 한 마리가 주둥이에 호두를 물고 날아가는 게 보였다. 그는 일본 아네모네 등을 앞쪽 화단에, 그리고 테라스와 뒤쪽의 정원에 심었다. 우리는 커다란 원형 화단을 포기하려고 한다.

일기, 1917년 9월 29일

또다시 아름다운 날이었다. 오늘 오후에 주위로 담이 뻗어 있는 정원에 길을 내고 그 옆에 화단을 만들기 시작했다. 우리는 담에서 나온 자갈로 길을 내고, 오래된 시멘트도 집어넣는다. 그 일은 아주 재미있는데, 이제 거실에서 보자니 그 길이 무척 아름다워 보인다.

일기, 1917년 10월 2일

날씨가 그다지 좋지는 않았다. 바람이 일었고 구름이 꼈다. 그런데 공습이 중단된다고 한다. 오후 내내 정원 산책로에서 일했다. 꽃무, 마거리트, 디기탈리스를 좀 심었다.

일기, 1917년 10월 3일

우리는 여기에 있다. 저녁이다. 한 시간 전에 나는 애쉬햄에서, 정확히 말하자면 찰스턴에서 돌아왔다. 〔…〕 시골에 체류한 덕분에 삶의 영적 측면이 발전하는 것은 물론이다. 어느 날 나는 정원에 앉아 셰익스피어를 읽고 있었다. 그 황홀한 느낌이 기억난다. 적어도 이틀에 한 번 우리는 사우스이즈Southease로 우유를 가지러 가야 했다. 우리는 하루에 1쿼트quart(액량의 단위 – 옮긴이)만 살 수 있었다. 쿼트 당 7펜스였다. 정원은 앞날이 기대되는 것처럼 보인다. L은 커다란 화단을 일구고, 길을 따라 원형 화단의 식물들을 우리 화단의 중앙으로 옮겼다. 나무들에서 싹 튼 꽃봉오리를 벌써 볼 수 있다. 언덕 측면의 우리에는 양들이 있다. 열흘 중 아흐레 동안 우리는 아무도 보지 못했다. 내 편지들마저 거의 전혀 오지 않고 있다. 하지만 그날들은 햇볕에 구워지는 눈덩이처럼 녹아 없어진다.

일기, 1918년 3월 2일

애쉬햄에는 말 그대로 벌과 꽃이 있었다. 또다시 내 기억은 정원에서 책을 읽으며 보낸 어느 날 오후에 가장 집중되었다. 우연히도 나도 윌리엄 워즈워스William Wordsworth, 1770~1850의 시를 읽고 있었다. "인간은 인간으로 무엇을 만들었는가"라는 구절로 끝맺는 시였다. 수선화가 피어 있었고, 다운스에 퍼붓는 포격 소리를 들을 수 있었던 것 같다. 전혀 위험에 직접 직면해 있지 않은 데다 지금 벌어지고 있는 일의 의미를 아예 생각하지 않는 내가 보기에도, 요즘 이렇게 햇살이 비치는 특별한 날들은 기이하게도 창백했다. 물론 봄에는 언제나 모종의 슬픔이 있다.

일기, 1918년 4월 5일

온종일 비가 오더니 지금에야 날이 활짝 갰다. 정원에는 자두 꽃이 피고, 꽃들은 아주 기운차 보인다.

일기, 1918년 4월 6일

차 마시기 전에 산책하는 것이 힘들 정도로 날이 뜨거웠다. 우리는 정원에 앉아 있었고, 나는 느릿느릿 책을 읽었다. L은 앉지 않고 정원 일을 했다. 우리는 이제껏 보아왔던 꽃들이 아주 멋지게 움트는 것을 직접 보았다. 잔뜩 핀 꽃무, 매발톱꽃, 지면패랭이꽃 등이었다. 그리고 우리가 그곳을 떠날 즈음에는 안쪽에 보라색 얼룩이 있는 엄청나게 큰 진홍색 양귀비를 보았다. 작약마저 거의 활짝 피었다. 담장에는 지빠귀 둥지가 있었다. 찰스턴에서 보낸 마지막 밤에 나는 창문을 활짝 연 채 누워 나이팅게일이 우는 소리를 들었다. 그 소리가 멀리서 들리기 시작하더니 정원 아주 가까이 다가왔다. 연못에서는 물고기들이 찰방찰방 움직이는 소리를 냈다. 잉글랜드의 5월은 흔히 말하는 것처럼 정말이지 초목이 무성하여 반하게 되고 창조적이다.

일기, 1918년 5월 28일


난롯불 가에 앉아 편안하게 있을 만한 기분이 아니다. 책을 읽기가 정말로 좀 어려웠다. 창문은 둘 다 열려 있다. 이웃집 아이들이 정원에서 놀고 있다. 보통은 노랫소리가 세면장 위쪽 음악 선생의 방에서 울려 퍼진다. 새들이 나무에서 시끄럽게 지저귄다. 나는 풀이

우거진 곳을 이리저리 돌아다니고 싶다. 도저히 집중할
수가 없다.

일기, 1918년 6월 6일

애쉬햄에 도착했다. 나는 야외에 노숙하듯이 앉아 있
다. 그때 상점이 맹렬한 더위 속에서 그림자로 형태를
드리울 뿐이다. 대기가 들판 위에서 춤을 춘다. 그리고
농장의 냄새가 초원에서 연무와 섞인다. 정원은 풀이
무성하게 뒤덮고, 꽃들은 짓밟혔다. 그런데 바로 지금
L은 저녁 식사를 위해 우리의 콩을 벤다.

일기, 1918년 7월 31일

좋은 날씨가 지속되지 않았다. 어제는 잉글랜드에서
종종 있는 일처럼 무척 축축한 날이었다. 잉글랜드의
오후는 거의 언제나 건조하다. 그리고 그전에도 거의
그랬다. 저녁에 우리는 버섯을 따러 가서 손수건을 한
가득 채웠다. 그래서 우리에게 엄청나게 즐거운 일이

다시 시작되었다. 우리는 언덕에서 잘 익은 나무딸기를 발견했다. 내가 풀밭에 누워 있을 때 토끼 한 마리가 깡충깡충 뛰어 내 옆을 지나갔다. 우리는 이제 홀로 있게 되어 아주 만족스러운 것 같다.

시커먼 하늘이 거의 자연의 가장 흉한 모습이라 하더라도 오늘은 날씨가 좋아졌다. L은 루이스로 갔다. 여기에 없는 뉴스테이츠먼New Statesman(1913년 영국에서 창간된 지식인 대상의 정치 및 학예 주간지 – 옮긴이)의 우편물을 가지러 간 것이다. 나는 M의 길을 따라갔고, 언덕을 지나갔다. 내 보고문이 다룰 수 있는 것은 딱정벌레와 나비뿐이다. 한 점 햇살에 아주 많은 갈색 나방이 생겨난다. 비행기 한 대가 뉴헤이븐Newhaven 위에 날고 있고, 잠시 하늘이 파랗게 되자 바다도 파래졌다. 온갖 눈부신 파란색이 구름 뒤에서 안심하고 활활 타오르는 것처럼 빛나고 있다는 생각이 이상하게 여겨졌다. 그리고 땅에 닿는 한 점의 빛줄기가 그 생각을 완전히 바꿔놓는 것 같았다. 햇빛이 비추니까 나는 버섯을 따러 가야 한다.

일기, 1918년 8월 3일

8월이 지나간 지금 햇빛은 약해졌지만 아주 투명하고, 대기가 진주처럼 빛난다. 나무의 색들도 반짝반짝 윤이 난다. 그림자가 더 가벼워지고 창백해지는 것 같다. 9월 3일을 8월 31일과 혼동할 사람은 없을 것이다.

일기, 1918년 9월 3일

어젯밤에 우리는 시계의 시간을 조정했다. 우중충한 겨울이 끝난 것이다. 그 점이 나는 거의 아쉬운데, 난롯가에서 보내는 어두운 저녁이 그 나름의 매력이 있기 때문이다. 더욱이 지금 창밖을 내다보면 정원에 쌓인 눈이 보일 것이다. 어제 아침에 커튼을 젖혔을 때 나는 나무와 지붕에 쌓인 흰색 광채에 눈이 부셨다. 또한 그 위로 찬란한 파란 하늘이 아치 모양을 이루었다. 6월인 것처럼 온화했다. 그런데 믿기지 않을 정도로 온화했다. 밖에는 혹한의 동풍이 들이닥쳤기 때문이다.
그리고 나는 겨울 내내 그렇게 춥지는 않았다. 얼굴을
때리며 다리를 감싸는 한기는 움직임 없이 잔잔한 강
력한 추위보다 훨씬 더 혹독하고 지치게 한다. 아몬드
꽃은 시계가 치면 사라지는 신데렐라처럼 완전히 사라
졌다.

일기, 1919년 3월 30일

그런데 애쉬햄은 마치 우리의 충성심을 확보하려는
것처럼 으레 매력을 발산했다. 찰스턴은 어느 면에서나
뒤지지 않는다. 실제로 나는 이곳에 돌아올 때마다 완
벽한 모습을 연이어 보면서 단 한 번도 놀라지 않은 적
이 없다. 이번에 우리는 날씨 때문에 하루의 대부분을
집에서 보냈다. L은 정원을 거의 떠나지 않았다. 옷을
따뜻하게 갖춰 입지 않은 채 사우스이즈로 나간 산책
은 몹시 추웠다. 하지만 나는 찰스턴까지 다녀왔고, […]
밤에 1층 방에서 잠을 잤다. 작년 대략 이맘때 나이팅

게일이 노래하는 것을 들었던 방이었다. 그리고 연못에서는 물고기들이 첨벙거렸고, 하얀 장미들이 창을 두드렸다.

일기, 1919년 5월 7일

더위가 몰려오는 뜨거운 이 여름날들은 식물의 생명력과 마찬가지로 인간의 생명력도 자극하는 것처럼 보인다. 인간은 꽃이 되고, 꽃은 꿀을 분비하고, 그 꿀에 포도송이의 친구들이 내려앉는다. 이와 같이 나는 어쨌든 관계들을 본다. 〔…〕 지난주에 우리는 정원에서 저녁을 먹기 시작했다. 그래서 티 하나 없는 여름 저녁에 밖에 앉아 있었다. 사과나무는 꽃이 부드럽게 눈처럼 뒤덮었고, 하늘에는 달이 걸려 있었다.

일기, 1919년 5월 16일

더 명료해지고 더 집중하게 되며 인쇄물을 확대경을 통해 보는 것처럼 읽을 수 있을 거라고 기대되는 애쉬햄에서 이상한 일이 벌어졌다. 그것과 정반대되는 일이 일어난 것이다. 나는 깜빡 졸다가 꿈을 꾸었는데, 햇빛이 나의 머릿속에서 일어나는 모든 생각을 그늘로 보내 쉬게 한다는 느낌이 들었다. 나는 그곳에서 들판이 내다보이는 열린 창가에서 글을 쓴다. 들판은 미나리아재비(작은 컵 모양의 노란색 꽃이 피는 야생식물 – 옮긴이)들로 인해 황금색이었다. 양들의 무관심한 모습에 마음이 끌렸다. 요컨대 오전이 대부분 지나갔는데 글을 쓴 것은 몇 줄뿐이었다.

일기, 1919년 6월 9일

날씨는 한결같아 보인다. 오늘은 정원에 참제비고깔과 아메리카패랭이꽃이 피었다. 로티가 가축의 털을 손질하는 것처럼 굴뚝 청소부와 함께 풀밭을 솔질하듯 털어내는 게 보였다. 딸기 수확은 망쳤다고 한다. 이것은 우리에게 심각한 일인데, 설탕을 60파운드어치나 사두었고 잼을 많이 만들려고 했기 때문이다. 딸기의 값은 현재 파운드 당 2실링이다.

일기, 1919년 6월 14일

# 몽크스 하우스 Monks House(1919~1941)

우리가 로드멜에서 라운드 하우스 외에도 토지가 약 3000제곱미터에 달하는 몽크스 하우스의 주인이라는 것은 명백한 사실이다. 몽크스 하우스는 (내가 싫증 나기 전에는 앞으로 수천 번은 더 적고 싶을 이름을 이렇게 거의 처음으로 적어본다) 영원히 우리에게 속한다. 그 일은 다음과 같은 사연으로 일어났다. 지난 목요일에 기차역의 가파른 길을 올라갈 때 우리 둘은 경매장 벽에 붙어 있는 벽보를 읽었다. '대지 1, 몽크스 하우스, 로드멜. 3000제곱미터의 토지 가운데 있는 고풍스러운 주택 한 채가 매물로 나와 있습니다.' 우리는 경매가 화요일에 화이트 하트 호텔에서 이루어질 것임을 확인했다. 지나가면서 "우리에게 아주 딱 맞을 거요." 하고 레너드가 말했다. 그리고 라운드 하우스에 호의적이었던 나는 로드멜의 단점들에 대해 뭐라고 중얼거렸지만, 그럼에도 그곳으로의 방문을 제안했다. 그래서 우리는 계속 걸어갔다. 나는 그때 나의 꽤 지나친 낙관주의에 실망스러운 결말의 낌새가 뒤따라왔다고 생각한다. 어쨌든 라운드 하우스는 우리가 소유주로서 살펴보았을 때 더는 그렇게 찬란하거나 탁월하지 않았다. 레너드는 아무리 공정하고 장점들을 볼 준비가 잘 되어 있다 하더라도 좀 실망한 것 같았다. 그날은 해가 나지 않았다. 침실들은 무척 작았다. 정원은 시골집 정원이 아니었다. 어쨌든, 다음 날 로드멜 방문을 계획하는 게 적절한 것 같았다. 나는 차가운 강풍을 맞으며 자전거를 타고 갔다. 이번에는 나의 낙관론을 억제할 수 있음을 자축했다. "방들이 작다." 나는 생각했다. "이 낡은 벽난로와 성수를 놓는 벽감들의 가치를 고려해야겠지. 수도자들이 사는 곳이라고 해서 특별할 것도 없다. 부엌의 상태가 매우 좋지 않아. 석유난로가 있는데 화덕은 없어. 온수도 나오지 않고 욕실도 없고, 외부 화장실이라고는 적어도 내 눈에 보여주지 않았다." 이렇게 면밀한 반대 이유들 덕분에 흥분이 가라앉았다. 하지만 이런 항변도 결국 정원의 크기와 형태와 비옥함과 거친 아름다움에서 오는 깊은 호감에 물러날 수

밖에 없었다. 과일나무들이 엄청나게 많이 있는 것 같았다. 자두가 너무 촘촘하게 달려서 그 무게가 가지들의 끝부분을 내리눌렀다. 예기치 않은 꽃들이 양배추들 사이에서 싹트고 있었다. 거기에는 열을 맞춰 잘 가꾸어진 완두콩, 엉겅퀴, 감자 들이 있었다. 산딸기 덤불은 담색의 작은 열매 피라미드 모양을 지녔다. 그리고 나는 과수원을 지나 사과나무 아래에서의 산책이 아주 편안하다고 생각했다. 눈앞에는 교회 탑의 회색 피뢰침이 있었는데, 내가 볼 수 있는 경계가 거기까지였다. 다른 쪽은 앞이 제대로 보이지 않았다. 아, 하지만 난 고르게 손질된 잔디밭을 잊고 있었다. 그곳은 약간 언덕 위로 올라간 데다 방풍까지 되어서 추위와 폭풍을 피할 수 있는 은신처가 된 잔디밭이었다. 그리고 커다란 단지가 그곳에 왕좌처럼 놓여 있었다. 그곳에서 길이 두 갈래로 갈라지고, 자색 몬티아 폰타나<sup>Montia Fontana</sup> 한 다발이 왕관처럼 단지 위에 올려져 있었다. 단지는 두 개가 아니라 하나였다. 몽크스 하우스에는 예식과 관련

된 것이나 공들여 만든 것은 거의 없었다. 기다랗고 나지막한 소박한 집이었고 문이 많았다. 한쪽은 로드멜의 도로에 면해 있는데, 이쪽에는 목판이 덧대어 있었다. 우리의 종착지에 면해 있는 로드멜의 도로가 바로 습지의 초원으로 이어지는 우마차용 길인데도 말이다. 내가 제대로 기억한다면, 여러 형태의 대형 부속 건물이 적어도 세 채 있고 마구간도 하나 있다. 그리고 닭장도 있다. 또 헛간의 장비 일체, 낡은 떡갈나무 널빤지로 가득 찬 창고, 완두콩대가 가득한 또 다른 창고도 있다. 그러나 우리의 과일과 채소는 여름마다 이 창고들에 넘치도록 가득 찰 테고, 그러니까 판매해야 할 거라고 한다. 수확한 작물이 풍성해도 노인 딱 한 명의 손길만으로도 무리는 없겠지만 말이다. 그 남자는 아주 친절한 사람으로, 내 생각에는 40년 전부터인 것 같은데 고인이 된 제이콥 베럴 씨를 위해 이 나무들을 돌보면서 여가를 보낸다고 한다. 그 모든 것이 내 머릿속을 불쾌하게 들쑤셔놓았다. 방들의 구석구석까지 빈틈없이 들어찬 고풍스러운 의자와 탁자, 유리잔과 가구 등이 무더기로 쌓여 있는 것도 한몫을 했다. 나는 집으로 가서 할 수 있는 한 차분하게 이야기를 했고, 다음 날 레너드와 함께 그곳으로 가서 아주 꼼꼼히 살펴보았다. 그곳은 그가 언젠가 기대했던 것보다 더 마음에 들었다. 그는 정말로 이 정원의 열광적인 애호가가 될 소지가 다분했다. 날씨만 좋다면 텔스컴 다운스Telscombe Downs를 지나 걸어서 돌아다니는 것도 아주 괜찮다. 또는 구름이 끼거나 바람이 불면 그 길을 따라서, 그리고 잔디밭을 지나 걷는 것도 좋을 것이다. 한마디로 우리는 집으로 돌아가는 길에 가능하다면 그 집을 사고 라운드 하우스를 팔기로 결정했다. 그리고 그건 충분히 가능해 보였다. 우리는 800파운드를 상한선으로 잡았는데, 위철리에 따르면 그 정도면 우리가 그 집을 구입할 가능성이 꽤 있었다. 경매는 화요일에 있었다. 내 인생에서 그렇게 기대감으로 가득 찬 5분은 많지 않았던 것 같다. 막 수술을 지켜보고서 그 결과를 기다리는 것 같았다. 화이트 하트의 홀은 비좁도록 꽉 찼다. 나는 그곳에 있는 사람들의 표정을 일일이 살펴보았고, 특히 부유함의 흔적을 찾아 각각의 재킷과 상의를 관찰했다. 그리고 부유한 낌새가 조금도 보이지 않자 안심이 되었다. 하지만 레너드를 그 곁에 세워 놓자 그 역시 주머니에 800파운드를 가진 것처럼 보이지 않았다. 영향력 있는 농부 몇 명은 둘둘 만 지폐들로 양말을 가득 채웠을 수 있을 것이다. 경매가 시작되었다. 누군가가 300파운드를 제시했다. "제시 금액 없이" 하고 바로 우리 맞은편에서 미소 짓고 있는 공손한 적수처럼 보이는 경매사가 말했다. "시작하겠습니다." 그다음에 부른 가격은 400파운드였다. 그러고는 50파운드씩 올라갔다. 우리 옆에서 입을 다물고 미동도 없이 서 있던 위철리가 조금씩 끼어들었다. 600파운드가 되었을 때, 진행이 내게는 너무 빠르다고 여겨졌다. 잠깐잠깐 머뭇거리는 순간들이 있었지만 곤혹스러울 정도로 빨리 지나갔다. 경매사가 우리를 자극했다. 아마도 여섯 명이 응

찰에 나섰던 것 같은데, 600파운드를 넘어서자 그들 중 네 명이 포기하고, 위철리 씨와 경쟁을 벌이던 태터솔 씨만 남았다. 우리는 20파운드 단위로 입찰할 수 있었다. 그러고 나서는 10파운드, 그다음에는 5파운드씩 올렸는데, 여전히 700파운드에는 못 미쳤다. 그래서 우리의 최종적인 승리가 확실해 보였다. 700파운드에 이른 다음 잠시 숨을 돌렸다. 경매사가 망치를 아주 천천히 들어 올렸다. 망치를 꽤 오랫동안 높이 들고 있었다. 그러다 탁자에 천천히 내려놓으며 결정을 촉구하고 재촉했다. 〔…〕 그리고 마침내 그는 우리가 감사의 기도를 올리는 동안 탁자를 두들겼다. 나의 뺨은 자색이 되었고, L은 백양나무 잎처럼 몸을 떨었다.

일기, 1919년 7월 3일

우리는 9월에 이사할 거야. 그러면 이제 우리 주소는 로드멜의 몽크스 하우스가 될 거야. 꽤 멋진 주소야. 이 집에는 예전에 수도자들이 거주했고, 성수용 벽감과 커다란 벽난로가 있어. 그런데 이 집에서 가장 최고인 부분은 정원이야. 하지만 당신에게는 아무것도 이야기 해주지 않겠어. 당신이 직접 와서 나와 함께 잔디밭에 앉아 있거나 사과나무 정원을 산책하거나 수확해야 하니까. 버찌, 자두, 복숭아, 무화과는 물론이고 온갖 채소가 있거든. 그 모든 게 우리 마음속의 자랑거리가 될 거야. 미리 경고하는 바야. 나는 우리가 친구들에게 할 이야기가 너무 너무 많다는 걸 이미 알고 있어.

1919년 7월 23일자

자넷 케이스Janet Elisabeth Case, 1863~1937에게 보낸 편지


오직 한 사람을 방문하려고 런던에서 이곳으로 와서 10마일이나 걸어 다니는 사람들은 안타깝게도 거의 언제나 지루한 사람들이다. 나는 10시쯤 그들을 배웅했고 정원을 지나 캄캄한 밤 산책을 하는 유혹을 뿌리칠 수 없었다. 창문을 통해 그 유혹의 불빛이 속삭이듯 끊임없이 반짝거린다. 잔디를 밟고 나가 농기구 창고 쪽

으로 걸어가서 낮에는 다운스를 바라보고, 밤에는 루이스의 불빛들을 바라보는 것은 정말 기분이 좋다. 가장 중요한 준비는 이제 끝났다 하더라도 집 안에는 아직 할 일이 많다. 며칠 동안은 생각이 끊임없이 주변의 변화에 붙잡히기 때문에 주의가 산만해진다. 그래서 일하기가 힘들다. 하지만 그런 상태도 서서히 가라앉고 있다. 이 글을 쓰는 지금은 마치 몇 그램 무게의 펜이 아니라 백 킬로그램을 들어 올리는 듯한 기분이지만 말이다. 그렇지만 이 집의 온갖 불편함과 단점과 장점을 다 모아놓고 종합해보면 결과는 전적으로 긍정적이라고 본다. 이 집의 유리한 이점은 이곳이 훨씬 더 다양하다는 점이다. 애쉬햄의 나무랄 데 없는 아름다움에 맞먹는 것은 없다 하더라도, 이곳 정원에는 산책로가 더 많고 재미있는 것들도 훨씬 많다.

일기, 1919년 9월 7일

내가 집을 향해 가다가 멈추고 마치 아직도 사람이

살고 있는 듯 창문들이 열려 있는 애쉬햄을 바라보았을 때, 다운스는 진홍색과 금색을 배경으로 아주 컴컴했다. 〔…〕 몽크스 하우스는 대문을 여는 순간, 기분 좋은 작은 충격을 준다. 〔…〕 7시를 알리는 종소리가 났고, 나는 지금 들판을 거닐고 싶은 유혹을 느낀다. 원래는 이 독특한 정신 상태에 대해 좀 말하고 싶었다. 나는 당혹스럽더라도 그 정신 상태에 관심이 생긴다. 썰물이 가장 심할 때 진짜로 보이는 광경에 가장 가깝다는 말을 늘 떠올리게 된다. 나는 열에 아홉 명은 내가 거의 늘 누리는 것만큼 행복한 날을 1년에 단 하루도 경험하지 못한다고 생각한다. 이제 그들의 운명이 내게도 부여된다.

일기, 1919년 9월 13일


    오늘 우리는 처음으로 여름 산책을 했다. 그리고 정원의 엄청난 매력에 빠지지 않으려고, 매주 일요일과 수요일 두 번만 산책하려고 했다. 오늘은 다운스를 거처 킹스턴 방향으로 걸어갔다. 며칠 만에 처음으로 구름이 꼈다. 북동풍이 불고 비구름이 몰려왔다. 우리 좌우에서 브라이튼Brighton 바다와 이스트본Eastbourne 바다를 보았다. 다운스의 언덕 저편의 비탈들은 무척 아름답다. 언덕 자체가 꽤 높았지만 난간이 길게 이어져 있다. 다운스가 눈에 덜 띈다 할지라도 나는 이쪽의 전망이 다른 쪽보다 인상적이라고 본다.

일기, 1919년 9월 14일

어제 우리는 애쉬햄으로 건너가 움푹한 구덩이에서 버섯을 싹쓸이하다시피 따고 난 다음 거실 창문을 통해 들어갔다. 〔…〕 내 기분 탓인지, 그곳은 어딘가 닫혀 있고 흐릿한 인상을 주었다. 뒤편으로는 엄청나게 큰 골짜기가 펼쳐져 있었고 앞쪽의 나무들 사이로는 멀리까지 시야가 트여 있었다. 이번에는 그곳에 왠지 다양함과 다채로움이 빠져 있다는 것을 발견했고—하지만 그것이 환상이 부리는 하나의 농간이라고 생각한다. 어쨌든 사람의 마음속으로 슬쩍 들어가는 산책로가 섞인 몽크스는 점점 더 좋아지고 있다. 정원에 대해 할 말이 아주 많을 수도 있지만, 나처럼 확고한 습관을 지닌 사람조차도 정원을 내부에서 묘사하기보다는 그곳에 있고 싶은 유혹이 너무 크다. 자줏빛 일본산 아네모네가 무리 지어 피어 있는 잔디의 푸름이 늘 내 눈앞에 아른거린다. 우리는 앞쪽 화단에 작은 씨앗들을 심었다. 다음 해 봄에 클라키어(북아메리카 원산의 바늘꽃과의 관상식물 – 옮긴이), 칼세올라리아(슬리퍼 모양의 꽃이 피는 남아메리카 원산의 관상식물 – 옮긴이), 초롱꽃, 참제비고깔, 체꽃으로 피어날 거라는 경건하거나 종교적인 믿음에서였다. 그 씨앗들이 그렇게 된다면 나는 알아보지 못할 것이다. 우리는 씨앗 상인의 말에 고무되어, 그 씨앗들이 얼마나 크게 자라고 파랗게 빛나는 꽃잎을 갖게 될지 모든 것을 운에 맡기고 싶었다. 그다음은 잡초를 없앨 차례이다. 그 일은 할 때마다 금세 놀이가 된다. 이를테면 (지금 나는 몸이 꽁꽁 얼어붙어 어색하고, 교회 종소리가 울리고, 벽난로의 불이 이제 막 타오르기 시작하고, 그러면 우리가 톱질한 커다란 통나무가 곧 불타는 구멍 속으로 떨어질 테니까) 잡초들에 특정한 속성을 부여하고 있다고 생각하는 것이다. 가장 성가신 것은 꼼꼼하게 골라내야 하는 가느다란 풀이다. 나는 촘촘하게 나 있는 민들레와 금방망이(국화과의 여러해살이풀-옮긴이)를 뿌리째 뽑아내는 걸 좋아한다.

일기, 1919년 9월 28일


　오늘은 우리의 마지막 저녁이다. 우리는 벽난로 곁에 앉아 우편물을 기다리는데—나는 그때가 하루의 백미라고 생각한다. 그런데 이곳에서는 하루의 모든 순간에 나름의 장점이 있다. 심지어 토스트 없는 아침마저도. 하루는 어떻게 시작되는 상관없이 피핀 사과(주로 영국과 미국에서 재배되는 크기가 작고 아삭한 식감의 사과 품종-옮긴이)로 끝난다. 대개 아침에는 햇빛이 비쳐 들어온다. 우리는 기분 좋게 아침 식사를 마친다. 나는 성에로 뒤

덮인 거친 풀과 벽돌처럼 딱딱한 땅바닥을 걸어 나의 낭만적인 은둔처로 간다. 〔…〕

그런데 나는 집의 연대기나 늘어놓으면서 시간을 보내지는 않을 것이다. 어쩌면 겨울의 언덕과 풀밭에 대한 묘사는 그저 내가 게을러서 피했을 것이다. 그러므로 내가 길모퉁이를 돌 때마다 숨을 멎게 하는 풍경이 무엇인지는 확인하지 않았을 것이다. 예컨대 지금은 해가 나왔고, 나무의 위쪽 가지가 전부 불길에 휩싸인 듯 빛나고 풀줄기는 선명한 에메랄드색이었다. 심지어 껍질마저도 밝은색이었고 도마뱀의 살갗처럼 빛깔을 바꾸었다. 그러자 애쉬햄의 언덕에는 연기가 자욱했다. 기다란 기차의 창문들에 햇빛 얼룩들이 생겼다. 연기는 집토끼의 귀처럼 객차들 쪽으로 젖혀진다. 석회 채석장이 장밋빛으로 타오른다. 그리고 축축한 초원은 6월에 그런 것처럼 물기가 많지만, 풀이 짧고 돔발상어 등처럼 거칠다는 것을 알게 된다. 나는 눈에 띄는 것들을 한쪽씩 죽 열거할 수 있을 것이다. 매일 또는 거의 날마다 나는 다른 곳을 거닐었고, 마찬가지로 조화로움과 놀라움을 연속해서 느끼며 돌아왔다. 집에서 5분만 나가면 탁 트인 자연을 만난다. 애쉬햄을 넘어가는 상당한 비탈길이다. 이미 말했듯이, 어느 방향이든 갈 만하다. 우리는—어느 흐린 일요일 오후에—곡물 밭을 지나서 언덕을 올라간 적이 있는데, 도로는 온통 질퍽질퍽했지만 위쪽은 말라 있었다. 언덕의 긴 풀은 색이 바랬다. 그곳을 헤치고 나아가자 우리 앞에 매 한 마리가 똑바로 서 있었다. 매는 마치 뭔가로 괴로워하는 것처럼—즉 뭔가에 매인 것처럼, 바닥에서 어떤 흔적을 따라가고 있는 것 같았다. 우리가 다가가자 매는 부담을 내려놓고 하늘로 솟아올랐다. 우리는 피 묻은 그루터기에 자고새의 날개가 있는 것을 발견했다. 매가 식사를 거의 끝마쳤기 때문이다. 우리는 매가 먹이를 되찾기 위해 돌아오는 것을 보았다. 더 아래쪽 비탈에는 '일렁이는' 크고 흰 부엉이 한 마리가 있었다(나무 둘레에 그물을 짜듯 날아다니는 모습을 그렇게 묘사할 수 있기에, 땅거미가 지는 저녁빛 속 깃털의 부드러운 외관이 그 말을 더욱 적합하게 해준다). 우리가 지나쳐 갈 때 부엉이는 '땅거미가 질 때 일렁이면서' 산울타리 뒤로 날아갔다. 마을의 처녀들이 집으로 돌아가서 집에 있는 남자들에게 뭔가를 소리쳐 알렸다. 우리는 그렇게 들판과 교회 묘지를 가로지르고, 석탄이 빨갛게 달구어졌음을 알고는 빵을 굽는다. 그러면 저녁이 다가온다.

L은 사과나무를 가지치기하고 자두나무 울타리를 설치하면서 대부분의 시간을 보냈다.

일기, 1920년 1월 7일


이 대목에서는 봄에 관해 장황하고도 찬란하게 써야 한다. 봄이 왔다. 이미 2주도 더 되었다. 아직은 겨울이 젖을 빠는 아기처럼 깊이 잠들지는 않았다. 수선화가 돋아났다. 정원은 온통 두툼한 금빛 크로커스 투성이다. 갈란투스는 거의 시들었다. 배나무 가지는 봉오리를 가득 틔웠다. 새가 지저귀는 소리. 햇살 한 점이 있는 6월 같은 날들―하늘은 가지각색으로 물들었을 뿐만 아니라 따뜻하기까지 하다.

일기, 1920년 3월 3일


몽크스 하우스를 묘사한다는 것은 거의 문학적인 글을 쓴다는 말인데, 지금은 내가 도저히 할 수가 없다. 우리가 이 밤에 자꾸 깨느라고 잠을 제대로 자지 못했고, 새벽 4시에야 쥐 한 마리를 L의 침대에서 몰아냈기 때문이다. 쥐들이 밤새 바스락거리며 이리저리 돌아다녔다. 그다음에는 폭풍이 불어닥쳤다. 창문 고리가 고장 났다. 창문을 칫솔로 고정해두려고 가련한 L이 다섯 번이나 일어났다. 우리가 몽크스에서 누릴 수 있는 것을 전부 다 말하지는 않겠다. 지금 내 앞으로 캐번Caburn 쪽 초원 풍경이 보이고, 꽃이 만발한 히아신스와 과수원 길도 펼쳐지긴 하지만. 그리고 홀로 있음―햇빛 속에서의 아침 식사―우편물―하지만 하인은 없다―이 모든 게 얼마나 아름다운가! 〔…〕

봄을 형용하고 싶다. 이것 하나만 적어두겠다. 사람들은 올해 나무에 다시 잎이 달리는 것을 거의 알아차리지 못한다. 마치 나무들이 완전히 잎을 잃은 적이 없었던 듯. 무쇠같이 새까만 밤나무 줄기의 색도 사라지지 않았다. 부드럽고 미묘한 색조도 여전했다. 내 기억으로는 전에 이런 풍경을 본 적이 없다. 사실 우리는 겨울을 건너뛰었다. 한밤중에도 태양이 있는 계절을 보냈다. 그리고 이제 햇빛 가득한 곳으로 돌아간다. 나는 밤나무에 꽃이 피는 것도 거의 알아차리지 못한다. 창가의 나무에는 작은 파라솔이 펼쳐진다. 그리고 공동묘지의 풀들은 낡은 묘비석들 위로 녹색 물결처럼 흘러간다.

일기, 1920년 4월 10일

한 시간 전에 몽크스 하우스에서 돌아왔다. 우리가 그곳에서 보낸 첫 주말이었다. 가장 이상적인 주말이었다고 말하고 싶지만, 앞으로 그곳에서 어떤 주말을 보내게 될지 어찌 알겠는가? 정원에서 보낸 첫 번째 완전한 기쁨이라고 생각한다. 밖에는 바람이 몹시 세게 불었고, 안쪽은 볕이 잘 들고 안전했다. 온종일 잡초를 뽑고 화단을 만들며, 그게 행복이라고 말할 수밖에 없는 묘한 감격을 맛보았다. 글라디올러스는 무리를 지어서 있고, 파이프 나무 pipe tree에서 꽃이 만발한다. 부엌 벽은 찢겨 있다. 저녁에 날이 쌀쌀했지만 우리는 9시까지 밖에 있었다. 오늘은 우리 둘 다 손발이 굳어 뻣뻣하고 긁힌 상처투성이다. 손톱 밑에는 암갈색의 흙이 꼈다.

일기, 1920년 5월 31일

정원 문을 열면 우리의 정원은 캐번 산으로까지 넓어진다. 나는 일몰 때 그곳으로 달려간다. 그 산을 오르면서 보면 마을이 신성한 은신처처럼 보인다. 감상적이고 왠지 상징적이고 어쨌든 무척 평화롭고, 저녁이면 사람들이 다른 사람들과 어울리려고 하듯 인간미가 있어 보인다.

일기, 1920년 8월 17일

오늘은 우리의 마지막 날이다. 사과가 담긴 상자들이 열린 채 놓여 있다. 이 공책은 실수로 꾸리지 못해서 나는 이 기회를 이용하기로 한다. 그렇다. 지금까지 보낸 여름 중 최고였음은 확실하다. 날씨는 정말 형편없었고 욕실도 없고 하녀는 한 명뿐인 데다, 덤불숲을 헤치고 구불구불 가야 하는 화장실도 하나였지만 말이다. 이런 의견에는 우리 둘 다 동의한다. 집은 매력적이다. 그리고 질투심에 사로잡혀 다른 집들을 다 답사하고 제대로 조사해 보았지만, 내 의견은 전체적으로 볼 때 여기 이 집이 가장 좋다는 것이다. 심지어 학교 아이들의 떠드는 소리도 날카롭게 지저귀며 처마의 물받이 주위를 날아가는 칼새들과 제비들이라고 상상하면, 짜증스럽기보다는 오히려 기운을 북돋운다. 우리는 아이들에게 사과를 주고, 그들이 내미는 동전을 거절하고 대신 과수원에서 얌전히 행동할 것을 요구한다.

일기, 1920년 10월 1일


사흘 전 맹렬한 폭풍이 몰아쳤다. 정확히 말하면 9월 11일 일요일이었다. 나는 촛불을 켜고 폭풍을 견뎌야 했다. 다음 날 아침에 보니 우리의 자두나무가 쓰러져 있었고, 묘지에는 커다란 나무 한 그루가 땅에서 몇 피트 위에 부러져 있었다. 〔…〕 그날 밤에 비가 이전 석 달 동안 내린 것보다 많이 왔지만, 레너드는 만족하지 못했다. 우리의 정원은 다채롭게 얼룩진 친츠(특히 꽃무늬가 날염된 광택 나는 면직물 – 옮긴이) 같다. 과꽃, 백일초, 뱀무, 금련화 등등. 전부 다 반짝이고 색종이를 오린 모양으로 꼿꼿하게 곧추서 있다. 꽃이라면 그래야 하는 것처럼. 나는 내년 6월을 위해 꽃무를 심었다.

일기, 1921년 9월 14일


너무도 아름다운 저녁이다—조용하다. 석회 채석장에

서 나는 연기가 위쪽을 향해 수직으로 올라간다. 흰말과 딸기색 말이 가까이 붙어서 먹이를 먹는다. 여자들이 괜히 오두막집에서 나와서는 가만히 서서 바라보거나 뜨개질을 한다. 수탉은 풀밭의 암탉들 가운데서 쪼아 먹는다. 두 그루 나무[레너드와 버지니아 울프 부부가 언급한 커다란 느릅나무 두 그루로, 그들은 훗날 그 나무 아래에 묻히려고 했다] 속에는 찌르레기가 있다. 아래로 내려가며 풀을 벤 하얀 코듀로이 빛깔이 된 애쉬햄의 들판. L은 내 머리 위쪽에 사과를 쌓는다. 그리고 햇빛이 진주색 유리 지붕을 통해 들어온다. 그래서 매달려 있는 사과들은 반투명의 빨간색과 초록색이 된다. 교회 종탑은 은빛 소화기 뚜껑 모양으로, 나무들 사이에 솟아 있다.

일기, 1921년 9월 15일


어제는 애쉬햄의 언덕을 올라갔는데 도중에 온통 버섯 천지인 군락지를 발견했다. 그에 비하면 집은 좀 경직되고 변화가 없고, 풍경은 갇힌 듯 엄격해 보인다. 그러나 별채와 담쟁이덩굴이 있는 여기 정원은 아름다운 장소이다. 탁 트여 있고 통풍이 잘 되며 언덕이 내다보이는 열린 공간이다.

일기, 1922년 8월 3일


이제 아름다운 사흘을 보낼 것이고, 어쩌면 나흘 아니면 닷새가 될지도 모른다. 정원은 이보다 더 아름다울 수가 없다. 커다란 화단에는 반짝이는 꽃들이 온통 깔려 있고, 그 꽃잎들이 거의 서로 스칠 정도이다. 〔…〕 아름다운 저녁 7시 반이면 꽃들이 어둠 속에서 인광을 내뿜듯 빛을 퍼뜨린다.

일기, 1922년 9월 7일


우리가 보내는 완벽한 마지막 날이다. 날씨에 관해 말하자면, 여름은 아주 실망스러웠다. 여름이 기대되었는데 오지 않았다. 이레 동안 날씨가 내리 좋았던 것은 아니었다. 간혹 아름다운 날들도 있었지만, 런던에서처럼 비가 오고 바람이 불고 하늘이 어두워지기도 했다. 로만 로드Roman Road는 자주 진흙투성이여서 그 길을 따라 달릴 수가 없었다. 그리고 산책할 때 종종 희미한 천둥소리도 들렸다. 그리첼Grizzel은 무서워하며 집으로 달려왔다―하나님이 로드멜 평원Rodmeller Ebene을 산책하는 폭스테리어 잡종견에게 애써 해를 가하기라도 하는 것처럼! 하지만 이런 일들에 대해서는 다툴 필요가 없다. 내 생각에는 정원의 상태가 이보다 더 좋은 적은 없었다. 사과와 배는 풍족하게 수확했고, 이틀 전에는 완두콩도 처음으로 땄다.

일기, 1922년 10월 4일

이상적인 날씨라고 말할 수밖에 없다. 쿠션처럼 부드럽고, 마음속까지 파랗다.

일기, 1923년 8월 6일

우리는 지난주에 이곳에 왔어요. 10월까지 머물 거예요. 글쓰기에 대한 욕구, 읽고 싶은 욕구, 이야기하고 싶은 욕구, 혼자이고 싶고, 서식스를 탐색하고 싶고, 완벽한 집을 찾고 싶고, 만물의 의미를 이해하고 싶은 욕구가 있어서 내가 꽤 불안해질지라도 대체로 무척 행복한 삶이랍니다. 나는 자연이 어째서 태고의 당근을 내 코앞에서 흔들어대는지 모릅니다. 모든 책이 내게는 나를 깨닫게 해주는 거울인 것 같아요—무엇을 깨닫게 해줄지는 모르겠지만. 사람들도 그렇고, 다운스에서의 외로운 산책도 그래요. 산책하다가 나는 풀밭에서 덩굴을 뻗으며 높이 자라는 무수히 많은 하얀 메꽃들을 헤치며 지나가고 있음을 갑자기 확인하죠. 그러고는 스페인보다 이곳에 꽃이 더 많다고 생각해요……

1923년 8월 10일자

제럴드 브레넌Gerald Brenan, 1894~1987에게 보낸 편지

나는 나무를 자르라는 말을 들은 것 같다. 우리는 난

로에 넣을 장작을 가지런히 잘라야 한다. 우리가 매일 저녁 오두막에 앉아 있기 때문이다. 게다가 맙소사, 이 바람이란! 어제저녁에는 이리저리 마구 흔들리는 초원의 나무들을 바라보았는데, 나뭇잎의 무게 때문에 흔들릴 때마다 가지가 부러져나갈 것 같았다. 그런데 오늘 아침에 보니 보리수의 잎이 흩어져 있을 뿐이었다.

일기, 1923년 8월 30일

우리는 몰려오는 장밋빛 구름의 빛 속에서 양파들 사이에 있는 잡초를 뽑았는데, 구름이 닻을 살짝 잡아당기면서 하늘과 캐번 산Mount Caburn 위를 아주 천천히 지나서 사라졌어요. 그래요. 나는 구름을 묘사하면서 평생을 보낼 수 있을 거예요.

1923년 12월 1일자 제럴드 브레넌에게 보낸 편지

우리는 넬리(울프의 하녀이자 가정부 넬리 박스올Nelly Boxall – 옮긴이)가 영웅답게 견뎌낸 성대한 부활절을 보내고 7일

전에 로드멜에서 돌아왔다. 잡초를 뽑은 후 햇볕을 피해 집에 들어가야 했다. 고요함이 나를 얼마나 감싸던지! 내가 온전히 내가 되고 나니 얼마나 늘어졌던지! 아름다움이 내 위로 흐르고 내 신경을 다 적셔서 어찌나 떨리기까지 했던지. 언젠가 물을 끼얹었을 때 수생 식물이 떨리는 것을 보았던 것처럼.

일기, 1924년 5월 5일

우리의 정원은 서식스 사람들이 다 부러워하는 선망의 대상이랍니다. 우리는 어느 주에 심으면 그다음 주에 벌써 모습을 드러내는 작은 자색 튤립과 같은 콜치쿰을 심었어요. 그 모든 게 레너드의 작품이라는 것은 말할 필요가 없을 거예요. 그는 건설 노동자처럼 뼈 빠지게 일할 뿐만 아니라 원숭이처럼 배나무 꼭대기에도 기어오른답니다. 내가 그런 남자와 결혼하는 게 또한 옳지 않았을까요? 나는 감탄을 표하지만, 좀처럼 적극적인 역할이 주어지지는 않아요. 정말로, 나는 뜨거운

날의 정원보다 더 아름다운 것이 있다고는 생각하지
않아요. 중년에 접어들면 사람들은 이처럼 단순하고 진
부한 것들을 깊은 확신을 가지고 말한답니다.

창피한 사실 하나—아침 10시에 나는 정원으로 통하
는 작은 방의 침대에서 이 글을 쓴다. 햇빛이 끊임없이
비추고, 포도나무 잎은 투명한 녹색이고, 사과나무 잎은
반짝거린다. 그 덕분에 아침 식사를 하는 중에 시를 쓰
는 어떤 남자에 대한 짧은 이야기를 떠올렸다. 내 생각
에, 그는 시에서 이 모든 것을 다이아몬드에 비유했고,
거미줄(놀랍도록 반짝 빛나다 사라지는 거미줄)을 그
다른 무언가와 빗댔다. 그 사실이 나를 계속 방황하게
했다.

여름의 모래시계가 몹시 빠르고 꽤 변화무쌍하게 비

워지고 있다.

일기, 1926년 7월 22일


    그런 다음 나는 시골에서 놀라울 정도로 행복하다. 따옴표를 싫어하지 않는다면, 고유한 상태임을 가리키기 위해 따옴표로 표시할 만한 정신 상태이다. 우리는 어제 〔…〕 다운스를 지나 팔머 방향으로 갔다. 이렇게 몇 년을 보낸 후 다운스에서 가장 아름답고 고적하고 눈부신 지역 중 하나를 발견했다. 나는 그곳이 우리의 라이벌인 시포드Seaford—틸턴Tilton의 구릉지대보다 더 아름답다고 생각한다. 우리가 지난 목요일에 뜨거운 태양이 작열할 때 넘어간 곳이다. 태양이 우리 머리 위로 어찌나 뜨겁게 타올랐던지, 가련한 강아지가 헐떡거릴 정도였다.

일기, 1926년 9월 13일


    방 안이 칠흑같이 어둡습니다. 빛이 무척 번쩍이고

강렬한 등불만 빼고 말입니다. 등불이 내 눈을 부시게 하고, 선홍색과 노란색 달리아가 담긴 꽃병을 밝게 비춥니다. 꽃 이야기 나온 김에 말하자면, 저는 당신이 지난해에 선물해 주신 백합을 결코 잊지 못할 것입니다.

1926년 10월 3일자

제럴드 브레넌Gerald Brenan, 1894~1987에게 보낸 편지


정원이 금년에는 기적처럼 질서가 잡혀 있어.

1927년 5월 22일자

바네사 벨Vanessa Bell, 1879~1961에게 보낸 편지


우리는 엄청나게 큰 접시꽃의 장밋빛 아래에서 밝은 청색 잔으로 차를 마셨다. 우리 모두는 시골 생활에 조금 취해 있었다. 나는 약간 목가적이라고 생각했다. 대단히 아름다운 곳인데—나는 시골의 평화가 부러웠다—그토록 안전하게 서 있는 나무들이—내 시선은 왜 나무들에 꽂혀 있었을까? 사물들의 외관이 나에게 미

치는 힘은 크다. 지금도 나는 떼까마귀들이 거센 바람에 맞서 어떻게 날아가는지 바라보지 않을 수 없다. 그리고 여전히 본능적으로 "저것에 대한 적절한 표현은 뭘까?" 하고 자문하며, 고르지 못한 기류와―대기가 마치 산봉우리와 잔물결과 고르지 못한 것들로 가득 찬 것처럼―'기류에 맞서 훨훨 날아서' 공기의 흐름을 가르며 까마귀 날개가 떨리는 것을 점점 더 명확하게 하려고 한다. 떼까마귀들은 위아래로 올라갔다 내려왔다 하는데, 마치 '마음에 드는' 이 훈련으로 폭풍우가 몰아치는 물속에서 헤엄치고 있는 사람처럼 몸이 깨끗이 씻기고 상쾌해지는 것 같다. 내 눈으로 보기에는 너무나 생생한데 펜으로 그려낼 수 있는 것은 얼마나 적은가. 내 눈뿐만 아니라 척추의 어떤 신경섬유나 부채꼴 막에도 너무나 생생한데 말이다.

일기, 1928년 8월 12일


당신은 지금 어떻게 살고 있어? 예순 명이 저녁 식사

에 모였어. 그중에 단 한 명이 사흘 동안 내 영혼을 완전히 녹여서 좀개구리밥처럼 더러운 강을 떠내려가게 하네. 난 무척 더워. 잔디를 깎았거든. 잔디가 이제 용골(선박 바닥의 중앙을 받치는 길고 큰 재목 ― 옮긴이)로 생기는 파동을 뒤에 남기는, 대형 선박 여러 척이 헤치고 나아간 고요한 바다 같아 보여. 그리고 나서 나는 자두 두 개를 먹었는데 손이 끈적끈적해졌어. 여러 날 동안 나는 사교 모임으로 너무 너덜너덜해져서 글을 쓴다는 것은 그저 꿈이 되었어―다른 어떤 여자가 언젠가는 행하는 일이 된 셈이야. 〔…〕

난 무척 행복한데 아주 행복하지는 않아. 이런 정신 상태가 편지에서 모든 것을 압도한다면 당신은 좋아할까? 내가 행복한 것은 가장 아름다운 8월이기 때문이야. 다운스는 아주 갈색이고 잿빛이야. 그리고 초원은…… 어떤 색이었는지 이제는 모르겠어. 〔…〕 나의 행복이 화강암 덩어리들 사이에 끼어 있는 것 (그런데 난 은유를 너무 많이 사용해) 같아. (그리고 이제, 그것

들이 화강암 덩어리라면 지금 나의 행복은 어렸을 때 콘
월에서 꺾었던 작은 장밋빛 식물인 샘파이어samphire(유
럽의 해안 바위들 위에서 자라는 미나릿과 식물-옮긴이)에 비
유할 수 있어)

1928년 8월 30일 비타 색빌웨스트에게 보낸 편지

8월의 마지막 날이다. 그리고 8월 내내 거의 그렇듯
이 아름답기 그지없다. 밖에 나가 앉아 있어도 될 만큼
매일매일이 멋지고 온화하다. 그러나 하늘은 떠도는 구
름이 한가득이다. 그리고 다운스에서 희미해지다가 다
시 반짝거리는 빛은 나를 너무나 매료시킨다. 나는 그
빛을 언제나 우묵한 그릇 모양의 설화 석고(흰 알갱이의
치밀한 덩어리로 되어 있는 석고-옮긴이) 밑의 빛과 비교한
다. 석고의 알갱이는 지금 노란색 작은 케이크 조각이
세 개씩, 네 개씩, 다섯 개씩 줄짓듯 배열되어 있는
데―달걀과 향신료가 듬뿍 들어간 듯 무척 먹음직스러
워 보인다. 이따금 나는 암소들이 도스토옙스키의 말처

럼 "미친 듯이" 개울로 내달리는 것을 본다. 구름은─ 내가 묘사할 수 있다면 그렇게 할 텐데, 어제는 한 구름 위로 물결치는 머리칼 같은 것이 있었는데, 어느 노인의 아주 가느다란 백발 같았다. 지금, 구름은 납빛 하늘에서 하얗다. 하지만 집 뒤쪽의 햇빛에 풀은 푸릇푸릇해진다.

일기, 1928년 8월 31일

  이번 여름은 세상에서 가장 아름다운 여름이었다. 가장 아름다울 뿐만 아니라 가장 찬란한 여름이었다. 바람이 부는데도 여전히 무척 맑고 화창하다. 그리고 구름은 빛을 받아 오팔처럼 어른거린다. 지평선 위의 긴 곡물 창고는 쥐색이고, 볏단은 연한 금색이다. 밭을 갖게 되면서 로드멜에 대한 내 느낌은 방향이 달라졌다. 나는 이곳을 깊이 갈고 함께 하기 시작한다. 만약 돈이 생긴다면 집을 한 층 더 올릴 것이다.

일기, 1928년 9월 22일

산책하는 동안 나는 처음부터 시작해보자고 생각했다. 8시 반에 일어나서 정원을 산책하기로 한 것이다. 오늘은 날이 흐렸고, 에디스 시트웰Edith Sittwell이 꿈에서 보였다. 나는 세수를 하고, 체크무늬 식탁보 위에 차려진 아침을 먹으러 간다. 〔…〕 잠깐 독서를 하고 점심 식사 후에 담배를 피운다. 2시경에 튼튼한 신발을 신고, 핑커의 목줄을 잡고 밖으로 나간다. 오늘 오후에는 애쉬햄 언덕을 올라가서, 몇 분 동안 거기에 앉았다가 강을 따라서 다시 집으로 돌아온다.〔…〕

그러나 내 하루의 스케치는 아주 다양한 색깔로 생기를 띠어야 한다. 오늘은 회색이었고 산책할 때는 바람이 불었다. 어제는 넓고 탁 트였다. 노란색 태양이 곡식 위에 떠 있고, 계곡에는 더위가 한창이었다. 이 이틀은 아주 뚜렷하게 구별되지만 모두 내 인생에서 가장 행복한 날들에 속한다. 무르익고 달콤한 향기가 나고 건강한, 보통의 행복한 날들에 해당한다는 말이다. 매일매일 먹는 빵처럼. 왜냐하면 이례적이거나 유별난 어떤 일도 일어나지 않기 때문이다. 다만, 하루가 원만하고 조화롭게 지나갈 뿐이다. 삶의 가장 좋은 부분을 보여주는 본보기는 시골에서 이렇게 있는 것이다. 그것을 더 많이 이행하고 싶은 내 안의 바람을 일깨운다. 몇 달 동안이나.

일기, 1929년 8월 22일

자동차 덕분에 우리는 거의 지나치다 싶을 정도로 기동성이 생겼다. 한편 이번 여름은 역대 보낸 적 없는 가장 초목이 무성한 여름이다. 정원이 이렇게 아름다웠던 적은 없었다. 심지어 지금도 다채로운 색깔로 불타오른다. 눈부시게 하는 가지각색의 빨간색과 분홍색과 보라색과 연보라색, 커다란 다발의 카네이션, 등불처럼 빛나는 장미. 이 광경을 보려고 우리는 종종 저녁 식사 후에 밖으로 나간다.

일기, 1929년 9월 22일

어제 온실을 만들기 시작했다. 우리는 땅에 돈을 뿌리고 있다. 다음 주에는 내 방이 높이 올라가기 시작할 것이다.

일기, 1929년 9월 25일

그리고 나는 새로 만든 방에 앉아 있다. 거실이 아니라 침실이다. 커튼과 난롯불과 책상이 있다. 그리고 아주 좋은 두 전망이 있는데, 때때로 배수로 위를 비추는 태양과 교회 위에서 부는 폭풍이다. 떠들썩한 크리스마스이고, 찬란하고 고요한 성탄절 축일 이틀째이다. 그리고 이틀 다 무척 행복하다.

일기, 1929년 12월 26일

나는 마흔여덟 살이다. 우리는 로드멜에 있었다. 다시 습하고 바람이 부는 날이었다. 그러나 내 생일에 우리는 날개 접은 커다란 새처럼 다운스를 두루 산책했다. 그리고 처음으로 여우를 보았다. 꼬리털을 쭉 뻗은 매우 긴 여우였다. 그런 다음에 두 번째 여우가 나타났다. 여우가 짖어댔는데, 그 위로 따스한 햇살이 비추고 있었다. 그 여우는 가볍게 울타리를 뛰어넘어 가시금작화 속으로 달려갔다. 아주 보기 드문 광경이었다. 잉글랜드에는 여우가 몇 마리나 있을까?

일기, 1930년 1월 26일


당신의 장미가 꽃을 피웠는데, 창에 박힌 붉은 총알처럼 완벽한 기적이야.

1930년 10월 16일자

에델 스미스Ethel Smyth, 1858~1944에게 보낸 편지


몽크스 하우스 로드멜

나는 방금 이 고귀한 단어를 썼다. 로드멜. 1931년 8월. 그리고 정말로, 생각했던 것만큼이 아니라, 그보다 더 좋다. 서식스 전체에서 누가 이렇게 말할 수 있을까? 온갖 날씨. 흐르는 강물. 떠다니는 보트. 확성기, 카메

라, 전등, 냉장고—나는 이 물질적 축복들을 하나씩 헤아려본다. 이런 것들에는 차이가 없다고들 말한다. 그럼에도 그 물건들은 도움이 된다. 치유용 침대도 마찬가지다. 잠에서 깨어날 수 있는 넓고 텅 빈 내 방. 담색 꽃들을 따라 정원을 지나 잠자러 갈 수 있는 방, 밝은 등불이 비추는 정원.

일기, 1931년 8월 7일

우리는 둘 다 건강하게 당분간 여기 로드멜에 있으면서, 봄날의 아름다움에 가을의 이점을 더한 하루를 누리고 있어요. 금빛 잎, 쟁기질 된 밭, 기막히게 사랑스러운 다운스 구릉.

1931년 11월 8일자

휴 월폴Hugh Walpole, 1884~1941에게 보낸 편지

로드멜에서 주말을—수다를 떨지 않은 주말이었다—잘 보내고 돌아왔다. 곧바로 깊고 안전한 책 읽기

에 푹 파묻혔다. 그러고는 잠을 잤다. 맑고 투명했다. 밖에는 부서지는 파도 같은 소리를 내는 산사나무가 있다. 정원이 온통 녹색 터널과 녹색 담장이다. 깨어나니 따뜻하고 고요한 낮이다. 찾아올 사람도 없고 방해도 없다. 매시간 전적으로 우리를 위한 장소이다. 특별한 행사를 기념하기 위해 나는 작은 책상 하나를, L은 벌집을 샀고 우리는 레이Lay로 갔다. 나는 시멘트 헛간을 보지 않으려고 온갖 애를 썼다. 벌들이 떼 지어 우글거렸다. 우리가 점심 식사 후 밖에 앉아 있을 때 벌들이 윙윙거리는 소리가 들렸다. 그리고 일요일에 벌들이 다시 거기에 있었고, 떨리며 흔들리고 빛나는 흑갈색 자루처럼 톰셋 부인의 묘비에 매달려 있었다. 우리는 무덤들에 길게 자란 풀 속을 뛰어 돌아다녔다. 퍼시는 비옷과 망사 모자 차림이었다. 벌들은 욕망의 화살처럼 빠르게 날아다니면서 쏜다. 거칠고, 성적으로, 허공에 실뭉치를 짠다. 벌 하나하나가 실에 매달린 듯 윙윙 소리를 낸다. 대기가 온통 떨림으로 채워졌다. 아름다움으로, 날아다니는 이 격렬한 욕망으로 가득하다. 그리고 속도가 느껴진다. 나는 떨리고 흔들리는 벌 자루를 여전히 대단히 성적이고 육감적인 상징처럼 느낀다. 그러고는 안개와 터널과 녹색 동굴을 지나 집으로 갔다. 정원의 유리 담장들이 온통 분홍색과 노란색인데—만병초이다.

일기, 1932년 6월 13일

연노랑, 연파랑, 빨강, 보랏빛으로 찬란한 저녁이고, 짚단으로 묶인 모든 곡식은 케이크 조각 같고, 제비들이 날고, 사과는—매달려 있는 사과는 모든 과일 중에서 가장 아름답습니다.

1932년 9월 6일자

오톨린 모렐Lady Ottoline Morrell, 1873~1938에게 보낸 편지

게다가 나는 지금 다운스를 등지고 있다. 시골이다. 로드멜에서 L과 나는 얼마나 행복한가. 그곳에서의 삶

은 얼마나 자유로운가. 삼사십 마일 밖으로 빈들거리며 돌아다니기. 언제든 멋대로 돌아오기. 빈집에서 잠을 자기. 방해물들에 의기양양하게 대처하기. 그리고 매일 신성한 아름다움에 잠기기. 늘 어떻게든 하는 산책. 그리고 보라색 밭 위의 갈매기들.

일기, 1932년 10월 2일


내 사랑. 아주 근사한 봄의 저녁이야. 지빠귀가 노래하고 있어. 아니, 나무에서 지저귀고 있어. 지빠귀가 얼마나 재잘대는지 당신도 알지. 레너드는 무화과나무의 모양을 다듬고 있어. 5시가 조금 안 되었고, 날이 온화하고 아름답고 장밋빛이어서 우리는 좀처럼 진정할 수 없어. 맹세컨대, 이제 겨우 1월 7일이야. 그리고 L은 오늘 아침 내게 갈란투스를 꺾어 주었어.

1933년 1월 7일자 비타 색빌웨스트에게 보낸 편지


비판으로, 또 경고 삼아 말해도 된다면, 이 여름이

인간들로 인해 너무 산산조각 났다고 할 수 있겠다. 내
년에 나는 더욱 조심할 것이다. 〔…〕 온통 비 내리는 날
이다. 연못들이 빗물로 가득 찬다. L의 연못과 정원은
거의 완성되었는데, 내 생각에 놀라울 정도로 훌륭하
다. 여름은 다른 여름들과 함께 서랍에 차곡차곡 접혀
넣어졌다.

일기, 1933년 9월 23일

　이다지도 맑고 온화한 10월의 아침이다. 배나무에서
반짝이는 잎들이 물방울을 튕길 때 캐번 산이 안개 속
에 있다. 커다란 연못은 물로 거의 다 찼다. 작은 연못
이 완성되었다. 그리고 하늘에 감사하게도, L과 나는
행복한 기분으로 길을 나선다.

일기, 1933년 10월 5일

　그런 다음에 주말에 로드멜로 갔다. 벌들이 히아신스
에서 윙윙거린다. 땅은 베일에 싸인 채 아주 깨끗하게

정화되어 선뜻 겨울에서 벗어난다. 우리가 밖으로 나갈
때 그 베일은 안개가 되었다. 그리고 오늘도 안개다.

일기, 1934년 2월 14일


　햇볕이 잘 들고 초목이 무성한 날이다. 내 짐작에는
둥지에서인 것 같은데, 새들이 긁는 소리를 낸다. 또
나무 위에서 까옥까옥 울고 이른 아침에는 큰 소리로
길게 노래하는데, 나는 침대에 누워 그 소리를 듣는다.
L이 퍼시를 데리고 마당을 돌아다니는 소리가 들린다.
모든 것이 조용하고 아주 기분이 좋다.

일기, 1934년 5월 18일


　무척 활기가 넘치고 행복한 여름이다. 아, 산책의 기
쁨! 그런 기분을 이처럼 강하게 느껴본 적은 없었다.
〔…〕 버섯과 밤중의 정원. 죽어가는 돌고래의 눈 같은
달. 또는 추수의 달이어서 등적색이거나, 강철 칼처럼
광택이 나거나 반짝거리는 달. 때때로 하늘 위를 급히

달려가고, 또 때로는 나뭇가지들 사이에 걸려 있는 달. 10월인 지금은 짙고 습한 안개가 밀려와 점점 더 짙어지다가 모든 것을 삼켜버린다.

일기, 1934년 10월 2일

연못에 폭우가 내린다. 연못은 작고 흰 가시들로 덮였다. 가시들이 위아래로 튀어 오르내린다. 연못은 뛰어오르는 흰 가시투성이다. 어린 고슴도치의 가시처럼. 털을 곤두세우고는 검은 물결이 인다. 연못을 가로지른다. 퍼붓는 소나기가. 그리고 작은 물의 가시들은 여전히 하얗다. 비는 완전 엉망진창이고, 느릅나무는 빗줄기를 위아래로 뿌려댄다. 연못 한쪽이 넘쳐흐른다. 잡아당기는 수련의 잎들. 빨간 꽃들이 헤엄쳐 다닌다. 잎하나가 펄럭인다. 그러자 한순간 완전히 잔잔해진다. 그리고 나서는 다시 바늘로 찌른 듯, 유리처럼 반짝이는 가시들. 끊임없이 위아래로 뛰어 오르내린다. 날랜 그림자 얼룩. 이제 햇빛이 난다. 녹색과 빨간색. 찬란하다. 연못은 회녹색이다. 풀은 반짝이는 녹색이다. 울타리에 난 빨간 딸기들. 암소들은 아주 하얗다. 애쉬햄 위로는 보랏빛이 감돈다.

일기, 1934년 10월 4일


  정원의 뒤채를 헐었다. 지금 과수원에 새집을 짓고 있다. 앞쪽으로 활짝 열리는 문을 달 것이다. 그러면 시야가 곧장 캐번 산까지 이어질 것이다. 나는 여름밤에 그곳에서 잠들게 될 것 같다.

일기, 1934년 11월 26일


  봄이 의기양양하다. 크로커스가 곧 끝난다. 수선화와 히아신스가 나온다. 공원의 밤나무 잎 몇몇은 새의 발톱처럼 움트는 상태이다. 땅과 사각형 정원에 있는 나무들은 아직 앙상하다. 작은 수풀은 완전히 초록색이다. 나는 책에 들어갈 식물들을 스케치하고 싶다. 공기는 얼마나 부드럽고 기운차며 상쾌했던가. 바다처럼!

나는 여행을 생각한다. 하지만 우리는 아직 어디로 갈지 정하지 못했다.

일기, 1935년 3월 28일

게다가 전망은 그 어떤 날 못지않게 아름답다. 심지어 이 흐린 날에도. 서리로 인해 과일들이 해를 입었다. 회양목 울타리의 끝이 누르스름하게 변했다.

일기, 1935년 5월 31일

오, 비가 얼마나 퍼붓는지! 처음으로 우산을 쓰고 정원을 가로질러 갔다.

일기, 1935년 9월 4일

그렇다. 폭풍이 무서울 정도였다. 아마도 잊지 못할 폭풍일 것 같다. 바람을 맞은 쪽의 나무란 나무들은 다 초콜릿 빛 암갈색이다. 작은 잎들은 마치 터진 감자 같다.

일기, 1935년 9월 20일

무척 즐거운 주말이다. 나무에 잎들이 돋아난다. 히아신스, 크로커스. 따뜻하다. 봄의 첫 번째 주말. 나는 잠을 잤다. L은 중요한 회의가 있었다. 루이스에서 온 똑똑한 사람들. 그런데 나는 잠을 잤다. 그러고 나서 우리는 래트$^{Rat}$ 농장까지 뛰어 올라가서 제비꽃을 찾았다. 여기는 아직 봄이다.

일기, 1936년 3월 24일


춥지만 빛이 눈부신 부활절 아침에, 장작불 곁에서 여기에 몇 자 끼적거리고 있을 뿐이다. 갑자기 햇살이 비치고, 이른 아침에는 언덕들에 눈이 몇 군데 쌓여 있다. 문어의 먹물처럼 시커먼 갑작스러운 폭풍이 다가온다. 그리고 떼까마귀들이 껑충껑충 뛰며 느릅나무를 쪼아 먹는다. 내가 아침을 먹고 나서 테라스를 걸어갈 때마다 말하는 것처럼 그 아름다움은 두 눈에 담기에 너무 버겁다. 그 아름다움은 바라보기만 한다면 모든 사람을 행복으로 가득 채우기에 충분하다. 특이하게도 이 정원은 애쉬햄 힐Asheham Hill을 배경으로 어두운 색의 교회와 교회 십자가와 함께 조화를 이룬다.

일기, 1937년 3월 27일

〔그런 다음에〕몽크스 하우스로 갔다. 무척 쓸쓸하고 평온하다. 안락의자와 친숙함, 그리고 물기가 많은 풀과 과일나무가 있는 정원이 반갑다. 그 무엇과 비교해도 전혀 손색이 없는 정원이다.

일기, 1937년 5월 25일

늦대들(울프 부부 - 옮긴이)이 몽크스 하우스에서 돌아왔다. 게다가 몸도 상당히 회복되었다. 사흘 저녁을 외로이 지냈다. 상상해보라! 그렇게 환상적인 적이 언제 있었던가? 목소리도 없고 전화도 없다. 올빼미의 울음소리뿐이었다. 아마도 천둥소리가 났던 것 같고, 말들이 개울들로 내려가는 말발굽 소리, 아침이면 우유를 가지고 잠깐 들르는 보텐 씨뿐이었다. 유황색의 뜨거운 주말이었다. 마치 흰 먼지구름이 루이스 위에 걸쳐 있는 것처럼. 붉게 자란 풀을 벴다. 언덕 위에는 검게 얼룩진 건초가 있었다. 풀밭에서는 건초가 내 무릎까지 닿는데, 어제 강가에 누워 있을 때는 나를 완전히 덮었다.

일기, 1937년 6월 28일

당분간 온화한 날씨면 좋겠다. 명상. 가끔 새벽 3시에 명상할 때가 있다. 그때마다 정신을 차리고 창문을 열고는 사과나무 너머로 하늘을 바라다본다. 어제저녁에는 바람이 맹위를 떨쳤다. 온갖 극적인 효과들을 낳았다―일몰 후에 엄청나게 돌진하다 파열하고 우뚝 솟는 광경이 펼쳐질 것이다. 일몰의 광경이 너무 기막히게 놀라워서 L이 나에게 소리쳤고 나는 욕실 창문에서 그 광경을 바라보았다. 붉은 구름들이 소용돌이치더니 굳어졌다. 빙수처럼 부드러운 연보라색과 검정색 수채화 물감 덩어리. 짙은 녹색의 얇고 단단한 돌조각들. 푸른 바위와 진홍빛의 잔잔한 물결. 아니다, 이 정도로는 다 표현이 되지 않는다. 그리고 정원의 나무들과 반사하는 빛. 곧바로 산비탈에서 작열하는 우리들의 뜨거운 부지깽이.

일기, 1938년 8월 17일


전쟁이 다시 금방이라도 닥칠 것처럼 보였다. 히틀러가 한다면 무엇을 할지 물어보라. [⋯] 유럽의 상황 속에서도 더 튼튼해진 장미 꽃봉오리들을 우리는 딸 수 있는 만큼 딴다. 우리가 다시 돌아왔을 때 지붕은 이미 하얗게 한 번 칠해져 있었다. 인부들이 과수원에 L의 새 수정궁 온실을 세웠다. 그리고 새 방에 난로가 완성되었다.

일기, 1938년 8월 31일


그 사이 비행기들은 다운스 위를 소란스럽게 배회하고 있다. 모든 대비책이 강구되었다. 공습의 기미가 보이자마자 사이렌이 일정하게 울린다. L과 나는 그것에 관해 더 이상 말하지 않는다. 그보다는 볼링을 하고 달리아 꽃을 꺾는 것이 더 낫다. 달리아가 거실에서 빛을 발하고 있는데, 어제저녁에는 밤의 어둠을 배경으로 오렌지색이었다. 우리는 이제 발코니를 사용할 수 있다.

일기, 1938년 9월 10일


갈란투스 대여섯 송이가 우리 정원에 모습을 드러냈어. 그리고 우리는 지금 살을 에는 듯한 동풍을 뚫고 갈란투스를 보러 가.

1939년 2월 2일자

메이 사튼May Sarton, 1912~1995에게 보낸 편지


나는 로저의 결혼에 관한 이야기에 어떤 형식을 부여하려고 완전히 머리를 쥐어짰다. 그리고 격해지기도 했다. L이 어제저녁에 내가 당신을 사랑하는 것보다 당신이 나를 더 사랑한다고 말했기 때문이다. 누군가 먼저 죽는다면 그게 누구에게 더 힘들지를 두고 벌인 격론이었다. 그는 우리가 함께하는 삶에 나보다 더 집착하

고 있다고 말했다. 그 예로 정원을 거론했다. 그는 내가 오히려 나 자신의 세계에서 더 많이 산다고 말했다. 내가 혼자 긴 산책을 한다고 했다. 우리는 이런 식으로 토론했다. 나는 내가 그에게 그토록 필요로 하는 존재라는 생각에 무척 행복했다. 그런 느낌이 드는 일이 드물다는 게 우스웠다. 그런데 "함께하는 삶"이야말로 엄청난 현실이다.

일기, 1939년 4월 28일

바르샤바에서는 폭탄이 이런 방에도 떨어지고 있을 것이다. 이곳은 햇빛이 내리비치는 아름다운 오전이다. 사과들이 반짝인다. 〔…〕 정원이나 풀밭에는 특이하게 보일 법한 것이 아무것도 없고—나는 전혀 글을 쓸 수가 없다.

일기, 1939년 9월 3일

그러자 사람들은 종이와 설탕과 버터를 인색하게 굴

정도로 아끼기 시작하고, 자잘한 비축품인 성냥을 구입한다. 쓰러진 느릅나무가 톱질에 잘려나갔다. 이것으로 우리의 두 번째 겨울이 지나간다. 전쟁이 3년째 계속되고 있다는 말이다.

일기, 1939년 9월 23일


이렇게 우중충한 2월의 날에는 봄의 작은 몸짓인 꽃이 숨어 있다. 이런 감정은 어디에서 오는 걸까? 그 느낌을 어떻게 표현해야 할지. 런던의 도로에 내리는 빛이—이곳에서는 훨씬 더 넓게 흩뿌려졌다. 〔…〕 여기에서 나는 멈추고, 흔히 하게 되는 논평을 끼워 넣는다. 이 봄에 우리가 제단에 인도될 거라고. 꽃들이 인사하듯 고개를 숙이고 정원을 노란색과 빨간색으로 물들이는 동안 폭탄이 떨어진다. 1940년의 봄이 오고 있다는 것만으로도 특별한 긴장감이 생긴다.

일기, 1940년 2월 8일

토요일에 눈이 내렸다. 정원은 온통 두껍고 하얀 설탕 가루뿐으로, 밤이 되면 바람에 실려 내 방으로 들어온다. 경첩이 얼어붙는다.

일기, 1940년 2월 19일

그리고 밀집한 금빛 크로커스 군락과 아직 만개하지 않은 녹색 수선화를 보고, 애쉬햄 떼까마귀가 쉰 목소리로 까옥까옥 우는 소리가 끈적끈적한 공기를 통과하는 소리를 듣자니 상쾌해지고 젊어진다. 새들에게는 고된 일이다. L은 파란색 셔츠를 입고 오후 내내 식물원에서 일한다.

일기, 1940년 3월 24일

해방감 있고 상쾌한 무언가를 떠올릴 수 있을까? 밤에 창문을 열고 별들을 바라볼 때면 그렇게 하고 싶은 기분이 든다. 안타깝게도 지금은 12시 15분이고 잿빛의 흐린 날이다. 비행기들은 교전 중이다. 〔…〕 그리고 나면 5월이 되고 아스파라거스와 나비가 나올 것이다. 아마도 나는 정원에서 일을 좀 하고 다림질을 하고, 침실을 다르게 꾸밀 것이다. 그것은 나이 탓일까, 그게 아니면 혼자이고 런던도 아니고 방문객도 없는 이곳의 삶이 어째서 황홀경에 빠진 오랜 기쁨처럼 여겨질까.

일기, 1940년 3월 29일

내 앞에 아름다운 5월의 날이 펼쳐진다. 노란색 수선화가 테라스를 따라 반짝이는 군락을 이룬다. 머리 위로는 비행기들이 날아간다.

일기, 1940년 4월 13일

워털루 전투 사흘째. 사과 꽃이 정원에 눈처럼 흩날린다. 볼링공이 연못에 빠져 사라졌다. 처칠은 모든 사람에게 단결하자고 강력하게 촉구한다.

일기, 1940년 5월 13일

나는 유리창을 덜커덩거리게 하는 심한 천둥소리에 잠이 깼다. 엿듣듯이 귀를 기울여보았지만 더는 아무 소리도 나지 않았다. 그런데 "서식스에" 폭탄 두 개가 투하되었다. 미나리아재비와 애기괭이밥의 주말—여름이 가장 먼저 끓어오르듯 거칠게 물결친다. 아직 5월이지만 푸른 멍 자국들이 있다. 오늘은 바람이 흔들린다. 어제는 바람 한 점 불지 않았다.

일기, 1940년 6월 3일

공습경보 해제. 그리고 다시 사이렌이 울린다. 〔…〕 〔나중에〕 그들이 아주 가까이 다가왔다. 우리는 나무 아래 누웠다. 마치 바로 우리 위에서 누군가가 톱질을 하는 것 같은 소리가 났다. 우리는 배를 바닥에 딱 붙이고 머리 뒤에 손을 대고 엎드렸다. 이를 악물지 말라고 L이 말했다. 〔…〕 폭탄에 오두막의 유리창들이 덜컹거렸다. 오두막이 무너질까? 하고 내가 물었다. 그렇다면 우리는 모두 박살 난다. 나는 무無에 대해 생각한 것 같다.

여기에 글을 쓰는 대신 일몰을 바라보는 게 낫지 않을까? 푸른 하늘에 붉은색이 물드는 낌새가 보인다. 습지에 쌓인 건초 더미가 타오르는 빛을 붙잡는다. 내 뒤로는 사과들이 나무에 빨갛게 매달려 있다. L이 마침 사과를 따고 있다. 캐번의 기슭을 지나는 기차에서 지금 연기가 피어오른다. 그리고 공기 전체에는 엄숙한 고요함이 그대로 배어 있다. 하늘에서 다시 붕붕거리는 죽음의 소리가 시작되는 8시 반까지는. 런던으로 날아가는 비행기들이다. 그러니까, 그때까지는 아직 한 시간이 있다. 암소들이 풀을 뜯는다. 느릅나무는 작은 잎들을 하늘에 대고 흩뿌린다. 우리의 배나무에는 배가 한가득 매달려 있다. 그리고 그 위쪽으로, 그러니까 삼각형 교회 종탑 위에 풍향계가 있다. 익숙하지만 완성되지 않는 목록을 어째서 또다시 작성하려고 하는가? 내가 죽음을 생각해야 할까? 어젯밤 창 밑에 크고 무거운 폭탄이 떨어졌다. 아주 가까이 떨어져서 우리 둘 다 놀라서 벌떡 일어섰다. 지나가는 비행기 한 대가 이 열매를 투하했던 것이다. 우리는 테라스로 걸어 나갔 다. 싸구려 보석 같은 별들이 반짝거렸다. 모든 게 고 요했다. 이트포드힐Itford Hill에 폭탄들이 떨어졌다. 강가 에 흰색 십자가 표시가 되어 있고 아직 터지지 않은 폭 탄 두 개가 놓여 있었다. 나는 L에게 말했다. 아직은 죽고 싶지 않아. 상황은 그 반대를 말하고 있다.

일기, 1940년 10월 2일

그런 다음에 그들이 우리의 강을 폭격했어. 그 모습 이 한없이 황홀할 정도였어. 인공 폭포수처럼 쏟아지는 물이 늪지 위로 우르릉 우레 같은 소리를 냈어. 갈매기 란 갈매기는 죄다 와서 초원이 끝나는 곳에서 그네를 타듯 파도를 탔어. 다도해였고 여전히 다도해야. 낮과 밤, 햇빛과 비로 거의 계속 모습이 달라지면서 이루 형 용할 수 없을 만큼 너무 아름다워. 그래서 나는 눈을 뗄 수가 없어. 어제 탐색하려고 했을 때 나는 큰 대자로 6피트 깊이의 우묵한 곳에 빠졌고, 흠뻑 젖은 스패니얼 같은 모습으로 집에 왔어. 그게 아니면 푸들처럼 (이건 셰익스피어의 말이야) 말이야. 초원에서 헤엄치다니, 얼마나 기이한가! 다행히도 나는 레너드의 낡은 갈색 바지를 입었어. 내일은 직접 코듀로이 바지를 살 거야. 비가 오네―비가 오고 있는데⋯⋯ 난 산책을 했어. 산책 말이야. 다리로 가는 도로가 3피트나 물속에 있었고, 그것은 2마일을 돌아가야 한다는 것을 의미했어. 그런데 오, 이런. 내가 중세풍의 이 거친 하천이 요동치는 것을 얼마나 사랑하는지. 떠다니기만 하는 그루터기들, 새 떼, 낡은 거룻배를 탄 남자와 나 자신은 온갖 인간적인 특성이 사라져서 당신은 나를 걸어 다니는 지팡이라고 여겼을지도 몰라.

1940년 11월 14일자 에델 스미스에게 보낸 편지

적막. 매서운 추위. 아직도 서리가 있다. 불타는 하얀

빛. 불타는 푸른 빛. 느릅나무들이 빨갛다. 사실 나는 또다시 눈 속의 다운스를 묘사할 마음이 없었다. 그런 데 그렇게 되었다. 심지어 지금은 빨갛고 보랏빛이고 비둘기 빛깔의 연한 청회색인 애쉬햄 다운Asheham Down 에서 시선을 돌릴 수가 없다. 그리고 십자가는 그 풍경 에 비해 너무나 감상적으로 두드러져 보인다. 내가 늘 생각하는─아니면 잊어버리는 문장이 뭐더라. 아름다 운 모든 것에 마지막 눈길을 보내라.

일기, 1941년 1월 9일

불이 켜지기 전인 지금은 추운 시간이다. 정원에 갈 란투스가 몇 송이 있다. 그렇다. 내가 생각을 해보았는 데, 우리는 어떤 미래도 없이 살고 있다. 이상한 점인 데, 우리는 닫힌 문에 코끝을 바짝 갖다 대고 서 있다.

일기, 1941년 1월 26일

지금 정원에는 노란 꽃들이 넘쳐나고 있어요. 그리고

창문에서 내다본 경치는 반은 초록색이고 반은 파란색이어서 홈이 있는 에메랄드 덩어리 같아요. 〔…〕 이곳은 놀라울 정도로 평화로워요. 풀이 자라는 소리가 거의 들릴 정도예요. 까마귀가 둥지를 짓고 있어요. 7시 반에 비행기가 나타나리라고는 생각하지 못할 거예요. 이틀 밤 전에 그들은 다운스 전체에 걸쳐 소이탄(가옥이나 진지의 표적물을 소각하고 파괴할 목적으로 제조된 탄약 – 옮긴이)을 줄지어 서 있는 가로등처럼 연이어 투하했어요. 건초 두 더미가 화염에 휩싸여 너무나 아름다운 빛을 내뿜었어요. 그러나 한 사람도 다치지 않았어요. 실제로 그들이 투하하는 모든 폭탄은 지금까지 땅에 포탄 구멍 하나씩만 팠을 뿐이에요. 나는 글을 쓰기가 힘들다고 생각해요.

1941년 3월 13일자

엘리자베스 로빈스Elisabeth Robins, 1862~1952에게 보낸 편지

# III

## 꽃이 만개한 아몬드 나무

### 런던의 공원과 정원

# 하이드 파크 Hyde Park 와
## 켄싱턴 가든스 Kensington Gardens

　그녀는 하이드 파크로 발길을 돌렸다. 그녀가 오래전부터 알고 있던 곳이었다(그녀가 회상한 대로, 저 쪼개진 나무 아래서 해밀턴 공작이 모훈 경의 칼에 찔려 죽었다). 자주 죄를 짓는 그녀의 입술은 전보의 말들을 무의미한 엉터리 시로 재구성하기 시작했다. 인생, 문학, 그린 Greene, 아첨하는, 래티간 글럼포부 Rattigan Glumphoboo. 몇몇 공원 관리인은 수상쩍다는 듯이 그녀를 빤히 훑어보다가, 그녀의 진주 목걸이를 알아보고서야 그녀의 정신 상태에 대한 긍정적인 결론에 도달했다. 그녀는 서점에서 신문과 문학 잡지 한 뭉치를 갖고 나왔었다. 그리고 마침내 어느 나무 아래에서 팔꿈치로 몸을 괴고 이 페이지들을 주위에 펼쳐놓고, 산문의 대가들이 구사했던 방식대로 고귀한 산문 예술을 탐구하느라 갖은 애를 썼다. 왜냐하면 쉽게 믿어버리는 오래된 태도를 그녀가 버리지 못했기 때문이다. 주간신문의 선명하지 않은 철자까지도 그녀의 눈에는 신성해 보였다. 그래서 그녀는 팔꿈치에 기댄 채, 니콜라스 경이 그녀가 예전에 알았던 어떤 남자—존 던John Donne(1572~1631, 영국 르네상스 시기를 대표하는 시인이자 설교가이며, 형식과 주제 양면에서 영문 시의 지형을 뒤흔든 인물 – 옮긴이)의 전집에 대해 쓴 기사를 읽었다. 그런데 그녀는 자기도 모르는 사이에, 꼬불꼬불한 산길에서 멀지 않은 곳에 자리를 잡았다. 수많은 개들이 짖어대는 소리가 그녀의 귀에 들려왔다. 마차의 바퀴가 원을 그리며 쉴 새 없이 굴러갔다. 그녀 위에서는 나뭇잎들이 신음하는 듯한 소리를 냈다. 리본 장식의 치마와 꽉 끼는 진홍색 바지가 몇 걸음 떨어져서 잔디밭을 이리저리 가로질렀다. 한번은 엄청 큰 고무공이 날아와 신문에 부딪혔다. 보라색, 오렌지색, 빨간색, 파란색 등의 희미한 빛이 잎들 사이로 파고들어 그녀가 손가락에 낀 에메랄드에 부딪쳐 반짝거렸다. 그녀는 한 문장을 읽고 하늘을 쳐다보았다. 하늘을 우러러보다가 신문을 내려다보았다. 인생은? 문학은? 이것을 저것과 녹여 하나로 만든다? 하지만 얼마나 어려운 일인가! 〔…〕 왜냐하면 그녀는 니콜라스

경과 그의 친구들의 책(그녀가 주위를 둘러보는 사이사이에 한 책 읽기)에서 모호한 인상을 받았기 때문이다. 여기에서 그녀는 일어나서 조금 걸어갔다. 그들은 생각하는 것을 결코 말해서는 안 된다는 느낌―그것은 대단히 즐겁지 않은 느낌이었다―을 주었다. (그녀는 서펜타인 호숫가에 서 있었다. 호수는 청동색이었다. 거미줄처럼 가늘게 보이는 보트들이 이리저리 미끄러지듯이 움직였다.) 그들에게서 어쨌든 언제나 다른 누군가처럼 글을 써야 한다는 느낌을 받았다고 그녀는 생각을 계속했다. (그녀의 눈에 눈물이 고였다.) 〔…〕 이게 다 뭐야! 하고 그녀가 소리치며 작고 값싼 작은 배를 아주 힘차게 물속으로 밀어 넣는 바람에 그 가련한 작은 보트는 청동색 파도에 거의 뒤집힐 뻔했다.

　실은 (보모와 간호사들이 그렇다고 말하는 것처럼) 흥분한 후에는―올랜도의 눈에는 여전히 눈물이 고여 있었다―눈여겨 보고 있는 것이 있는 그대로의 모습이 아니라, 어떤 다른 것이 되어버린다. 더 크고, 훨씬 더 의미심장한 무엇으로. 비록 동시에, 그대로인 채로 남아 있음에도 불구하고. 이런 기분으로 서펜타인 호수를 바라보면 물결이 곧 대서양의 파도만큼 커져서 장난감 배들은 대양 횡단 선박과 구분되지 않는다. 올랜도는 장난감 배를 남편의 쌍돛대 범선과 착각하고, 자신의 발끝으로 일으킨 물결을 케이프 혼Cape Horn(남아메리카 최남단의 곳–옮긴이)의 워터 월water wall과 혼동했다. 장난감 배가 잔물결을 타는 것을 바라보자니 마치 본스롭의 배가 유리처럼 투명한 워터 월에서 점점 더 높이, 점점 더 위로 올라가는 것을 보고 있는 것 같았다. 또 그 배 위에서는 수많은 죽음과 함께 하얀 물마루가 아치를 이루었다. 그리고 그 배는 수많은 죽음을 건너서 사라졌고, "배가 가라앉았어요!" 하고 그녀가 죽음의 공포 속에서 소리 질렀다. 그런 다음에 보니 대서양 저쪽에서 오리들 사이를 무사히 항해하고 있었다.

"황홀해!" 하고 그녀가 소리쳤다. "황홀해! 우체국이 어디지?" 하고 그녀가 자신에게 물었다. "셀에게 당장 써서 말해야 해⋯⋯." 그리고 두 가지 생각이 교체 가능하기 때문에 "서펜타인 호수의 장난감 배"와 "황홀해" 같은 말을 번갈아 반복하면서 파크 레인Park Lane으로 서둘러 갔다.

"장난감 배, 장난감 배, 장난감 배⋯⋯." 하고 그녀는 되풀이하며, 중요한 것은 닉 그린이 존 던에 대해 쓴 글이나 하루 여덟 시간 노동에 대한 법안들 또는 공장 노동의 규제에 대한 법률들이 아니라 쓸모없고 느닷없고 압도적인 것, 생명을 잃을 수도 있는 어떤 것, 빨갛고 파랗고 보랏빛이 나는 것, 기분, 첨벙거리는 것이라는 사실을 자신에게 각인시킨다. 흠이 없고 독자적이고 인간들의 접촉으로 더럽혀지지 않고 자신의 성별에 대한 근심이 없는 저 히아신스들(그녀는 마침 아름다운 화단을 지나쳐 갔다)처럼. 나의 남편 본스롭은 경솔한 것, 나의 히아신스처럼 우스꽝스러운 것을 말할 것이다. 중요한 것은─서펜타인 호수의 장난감 배, 황홀함─황홀함이다. 그녀는 마차들이 스탠호프 게이트

135

Stanhope Gate를 지나가기를 기다리면서 큰 소리로 말했다. 왜냐하면 일상을 남편과 함께 보내지 않거나 바람이 잦아들 때만 함께 보내는 결과, 사람들이 파크 레인에서 큰 소리로 쓸데없는 말을 하기 때문이다. 빅토리아 여왕이 권고한 것처럼, 그녀가 해마다 남편과 함께 살았더라면 상황은 물론 달라졌을 것이다. 그런데 그때의 상황에서는 뜻밖에도 그에 대한 생각이 떠올랐다. 그녀는 당장 그와 얘기하고 싶다는 억제할 수 없는 욕구를 느꼈다. 그것이 얼마나 터무니없는 짓일지, 또는 이야기를 전하면서 얼마나 혼란을 야기할 수 있을지에 대해서는 전혀 신경 쓰지 않았다. 닉 그린의 글이 그녀를 아주 깊은 절망에 빠지게 했는데, 장난감 배가 그녀를 최고로 행복하게 해주었다. 그래서 그녀는 건널목에서 기다리면서 "황홀해, 황홀해……." 하고 같은 말을 되풀이했다.

      ***

    올랜도는 마치 발이 그녀의 의지와 무관하게 움직이는 것처럼 기분이 좋아서라기보다는 빨리 성큼성큼 정원을 지나 공원으로 걸어갔다. 〔…〕

    그리고 그녀는 오랫동안, 아주, 꼼꼼하게, 깊이 그 안을 들여다보았다. 그러자 곧 그녀가 언덕 위로 걸어 오르던 양치류로 뒤덮인 길은 더 이상 단순한 길이 아니라 부분적으로는 서펜타인 호수였다. 산사나무 덤불들 일부는 작은 카드 상자와 금테를 두른 산책용 지팡이를 두고 그냥 앉아 있는 신사 숙녀들 같았다. 양들은 일부분 메이페어Mayfair(런던의 하이드 파크 동쪽에 있는 고급 주택지 – 옮긴이)의 고층 건물 같기도 했다. 모든 것은 일부분 다른 어떤 것이었는데, 마치 정령이 숲이 되고 그 곳곳에서 빈터들이 갈라지는 것 같았다. 사물들은 다가오다가 멀어지고 섞이다가 분리되고 빛과 그림자가 만드는 끊임없는 바둑판무늬에서 아주 기묘한 연결과 동맹을 맺었다. 그리고 그녀는 엘크하운드 카뉴트가 집토끼를 쫓을 때 지금쯤 틀림없이 4시 반은 되었겠다는 생각이 든 순간을 제외하고는 시간을 잊었다―그런데 실제로는 6시 23분 전이었다.

양치류가 무성한 길은 구불구불 굽어지면서 점점 더 높아지더니 떡갈나무가 있는 언덕 위로 이어졌다. 그 나무는 그녀가 1588년쯤 처음 보았을 때보다 더 높이 자랐고 몸집도 거대해졌으며 울퉁불퉁 옹이도 더 많았지만 여전히 한창때 같았다. 날카롭게 삐죽삐죽한 작은 잎들은 가지들에 빽빽하게 무리 지어 달린 채 아직도 마구 흔들렸다. 올랜도가 바닥에 엎드리자, 척추의 늑골들처럼 이리저리 뻗어나가는 나무의 뼈대들이 느껴졌다. 그녀는 이 세상의 등마루에 올라타 앉아 있다는 생각이 들었다. 딱딱한 것에 밀착하는 것이 좋았다. 바닥에 엎드릴 때 가죽 재킷의 주머니에서 붉은색 아마 제본의 작고 고루한 발췌본이 떨어졌다. 그녀의 시「떡갈나무」였다. "모종삽을 가져왔어야 했는데." 하고 그녀가 생각했다. 뿌리를 덮은 흙이 너무 얕아서 그녀의 계획대로 그 책자를 곧바로 묻는 게 잘 될지 의심스러워 보였다. 게다가 개들이 파헤칠 것 같았다. 그런 상징적인 행위들은 결코 성공하지 못할 거야, 하고 그녀는 생각했다. 그렇다면 그런 것을 포기해도 괜찮을 것 같았다. 그녀는 그 책자를 묻을 때 하고 싶었던 자잘한 말이 떠오르지 않았다(그것은 저자의 서명이 있는 초판본이었다). "이것을 공물로 파묻습니다." 하고 말하려고 했었다. "땅이 나에게 베풀어준 것에 대한 감사의 의미로." 그런데 맙소사! 그 말이 큰 소리로 입 밖으로 나오자마자 얼마나 우습게 들렸는지 모른다! 어느 날 늙은 그린이 연단에 올라가 그녀를 (맹목적이라고까지 할 정도로) 밀턴에 견주고 그녀에게 200기니가 넘는 수표를 건넸던 것이 기억났다. 그 당시 그녀는 이 언덕 위의 떡갈나무를 생각하며, 이것이 저것과 무슨 관계가 있을까, 하고 자문했다. 칭찬과 명성이 시와 무슨 관련이 있을까? 7쇄(그 책은 이미 달성했다)까지 찍었다는 것이 책의 가치와 어떤 관계가 있을까? 시를 쓴다는 것은 은밀한 과정, 즉 어떤 음성에 답하는 목소리가 아닐까? 그래서 이 모든 잡담과 자질구레한 칭찬 나부랭이와 비난과 어떤 사람에게 감탄하는 사람들을 알게 되는 것과 어떤 사람에게 감탄하지 않는 사람들을 알게 되는 것은 그 문제에, 어떤 음성에 답하는 목소리에 관한 한 매우 부적합했다. 무엇이 더 은밀할 수 있을까, 하고 그녀는 생각했다. 숲, 농장, 키가 고만고만한 문가의 갈색 말, 대장장이, 부엌, 밀과 무와 화분과 작물 들을 부지런히 만들어내는 들판들, 붓꽃과 체크무늬 백합을 생산하는 정원 등이 부르는 애달픈 노래에 대해 이 몇 년 내내 수집한 답변보다 무엇이 더 더디고 연인들의 대화와 더 비슷할 수 있을까?

그래서 그녀는 책을 땅에 묻지 않고 너덜너덜한 상태로 바닥에 놓아둔 채 넓게 트인 풍경을 바라보았다. 이날 저녁은 햇빛으로 인해 환해지고 그림자로 인해 어두워지는 해저처럼 아주 다채로웠다. 느릅나무들 사이로 교회 종탑이 보이는 마을, 공원에 있는 둥근 지붕을 한 회색의 귀족 저택, 온실에서 반짝거리는 한 줄기 불빛, 노란색 곡식 볏단들이 있는 농장. 검은 숲들이 초원을 얼룩덜룩하게 만들고, 초원과 들판 저편으로는 기다란 숲들이 펼쳐지고, 그 뒤로는 강이 반짝거리는 광경을 볼 수 있고, 그다음으로는 다시 언덕과 산 들을 볼 수 있었다. 저 멀리로는 스노든Snowdon(웨일스 북서부에 있는 산-옮긴이)의 암벽들이 구름 사이로 하얗게 솟아 있었다. 그녀는 멀리 있는 스코틀랜드의 산들과 헤브리디스 군도the Hebrides(스코틀랜드 서쪽 열도-옮긴이)를 돌면서 거품을 내며 요동치는 물결을 보았다. 밖의 바다에서 울리는 포성에 귀를 기울였다. 아니, 바람이 불었을 뿐이었다. 이번에는 전쟁이 아니었다. 드레이크Drake(1540~1596, 영국의 제독-옮긴이)는 더 이상 없었다. 넬슨은 더 이상 없었다. "그리고 저기는" 하고 그녀는 생각하며, 저 먼 곳을 떠도는 시선을 다시 자기 발치의 바닥에 떨구었다. "예전에 내 땅이었어. 언덕들 안에 있는 성은 내 것이었어. 그리고 거의 바다까지 이어지는 황무지 전체가 내 소유였어." 이 지점에서 땅이 흔들리고 (아마 어지러운 빛이 야기한 착각이었을 것이다) 밀리더니, 집들과 궁들과 숲들의 온갖 짐이 텐트 모양의 경사면들을 미끄러져 떨어졌다. 튀르키예의 민둥산들이 그녀의 눈앞에 있었다. 때는 타는 듯이 뜨거운 정오였다. 그녀는 바싹 말라버린 경사면을 꼼짝 않고 바라보았다. 염소들은 발치에 있는 모래투성이의 풀 무더기들을 전부 뜯어 먹었다. 그녀 위로는 독수리 한 마리가 날고 있었다.

『올랜도』에서 발췌


오전부터 광경이 좀 달라졌다. 멀리서 시계들이 막 3시를 쳤다. 자동차가 많아지고, 가벼운 여름옷 차림의 여자들도 많아지고, 연미복에 회색 중산모를 쓴 남자들도 많아졌다. 입구를 지나 공원으로 가는 가두 행진이 시작되었다. 모두들 축제 분위기인 것처럼 보였다. 심지어 모자 보관용 상자를 든 어린 재단사 보조원들도 행사에 참여하는 듯했다. 녹색 의자들이 대열의 가장자리에 줄지어 놓여 있었다. 의자들은 연극 관람용으로 배치된 좌석을 차지한 것처럼 주위를 둘러보는 사람들로 꽉 찼다. 기수들은 말을 대열의 끝까지 속보로 몰고 가서 고삐를 조이고는 방향을 돌려 다시 속보로 돌아왔다. 서쪽에서 불어오는 바람에 금테를 두른 흰 구름이 하늘 위를 떠다녔다. 파크 레인의 유리창들이 파란색과 금빛의 반사광을 번쩍였다.

마틴은 활기차게 걷는 자세를 취했다.

"어서 와." 하고 그가 말했다. "어서—어서!" 그는 계속 걸어갔다. 나는 젊어, 하고 그가 생각했다. 난 인생의 황금기에 있어. 흙냄새가 공기에 배어 있었다. 심지어 공원에서도 살짝 봄 냄새가, 땅 냄새가 났다.

"내가 얼마나 좋아하는지—" 하고 그가 소리 내어 말했다. 그는 주위를 둘러보았다. 그가 텅 빈 허공에 대고 말했던 것이다. 사라는 뒤처져 있었다. 뒤처져서 구두끈을 매고 있었다. 그는 마치 계단을 내려가다가 헛디딘 것 같은 느낌이 들었다.

"혼자 큰 소리로 말하는 게 얼마나 우스꽝스럽게 느껴지는지!" 하고 그는 그녀가 따라잡을 때 말했다. 그녀가 가리켰다.

"하지만 봐." 하고 그녀가 말했다. "모두들 그렇게 해."

중년의 한 여자가 그들 쪽으로 다가왔다. 그 여자는 혼잣말을 중얼거렸다. 그녀의 입술이 움직였다. 그녀가 손짓을 했다.

"봄이네." 하고 그는 그 여자가 그들을 지나쳐 갈 때 말했다.

"그렇지 않아. 겨울에 여기 온 적 있어." 하고 그녀가 말했다. "그때는 눈 속에서 혼자 소리 내 웃고 있는 흑인이 있었어."

"눈 속에서" 하고 마틴이 말했다. "흑인이." 햇살이 잔디를 밝게 비추고 있었다. 그들은 여러 색깔의 히아신스가 돌돌 말린 채 반짝이는 꽃밭을 지나갔다. 〔…〕

그는 잠깐 질투가 났다. 공원은 쌍쌍이 산책하는 남녀로 가득했다. 모든 것이 상쾌하고 달콤함이 가득한 것 같았다. 공기가 그들의 얼굴에 부드럽게 닿았다. 공기는 소곤거리는 소리로 가득 차 있었다. 나뭇가지들이 바스락거리는 소리, 타이어가 내는 소리, 개들이 짖는 소리, 때때로 지빠귀가 간헐적으로 부르는 노랫소리로 가득했다. 〔…〕

목소리들이 점점 약해지고 약해지고 약해졌다. 곧 목소리가 완전히 그쳤다. 그들은 곧게 뻗은 갈색의 오솔길들이 가로지르고 눈앞에서 한 겹의 녹색 천처럼 올라갔다 내려가는 매끄러운 땅 위를 계속 느릿느릿 거닐었다. 커다란 하얀 개들이 뛰놀았다. 나무들 사이로 서펜타인 호수의 물결이 번쩍 빛났고, 여기저기에 조그만 보트들이 점점이 떠 있었다. 세련된 공원, 반짝거리는 물결, 그 광경의 활력과 떨림과 구성은 마치 누군가가 기획한 것처럼 마틴에게 기분 좋은 인상을 주었다. 〔…〕

그들은 켄싱턴 가든스의 입구에 이르렀다. 자동차와 마차의 긴 행렬이 길가에 서 있었다. 사람들이 이미 앉아 차를 마시려고 기다리고 있는 작고 둥근 탁자들 위에는 줄무늬 파라솔이 펴져 있었다. 여자 종업원들이 쟁반을 들고 급히 드나들었다. 성수기가 시작된 것이었다. 그 광경은 무척 즐거웠다.

　모자 옆쪽으로 기울어진 보라색 깃털을 꽂고 유행에 맞춰 옷을 입은 한 숙녀가 아이스크림을 조금 맛보았다. 햇빛을 받아 탁자가 얼룩지자, 마치 그녀가 빛의 그물에 걸린 것처럼 이상하게 투명해 보였다. 그녀는 유동적인 색깔들의 마름모꼴 무늬들로 이루어진 존재인 것처럼. 마틴은 그녀를 안다는 느낌이 들면서 모자를 조금 쳐들었다. 그러나 그녀는 그저 앉은 채 앞쪽을 보며 아이스크림을 조금 맛보았다. 아니야, 하고 그는 생각했다. 그는 그녀를 알지 못했고, 잠시 걸음을 멈추고 파이프에 불을 붙였다. 세상이 어떻게 될까, 하고 그는 혼잣말했다. 그는 팔을 휘두르던 뚱뚱한 남자를 여전히 생각했다. 거기에 '나'라는 것이 없다면? 그가 성냥을 그었다. 그는 햇빛 때문에 거의 보이지 않게 된 불꽃을 바라보았다. 잠깐 멈춰 서서 파이프 담배를 뻐끔뻐끔 피웠다. 사라는 멈추지 않고 계속 갔다. 그녀도 나뭇잎들 사이로 떨어지는 부유하는 빛들의 그물에 덮였다. 원시의 순진함이 새가 알을 품듯 그 광경 위에 내려앉은 것처럼 보였다. 나뭇가지들에 앉아 있는 새들은 우울하고 달콤하게 재잘거렸다. 런던에서 울리는 굉음은 먼 데서 오지만 전부 소음인 것 같은 느낌으로 탁 트인 평지를 둘러쌌다. 분홍색과 흰색의 밤꽃은 가지들이 미풍에 흔들릴 때마다 위아래로 춤을 추었다. 나뭇잎들을 얼룩지게 하는 태양은 마치 모든 것이 빛의 분리된 점들로 갈라진 것처럼 묘한 공허함을 부여했다. 그 자신도 폭파되어 산산조각 난 것 같았다. 그의 정신은 잠깐 완전히 텅 비었다. 그러다가 그는 정신을 차리고 성냥을 내던져 버리고는 사라를 따라잡았다.

***

그가 한두 시간 후 마차를 타고 공원을 가로지를 때 해가 지고 있었다. 그는 뭔가 잊어버렸다는 느낌이 들었다. 하지만 그게 무엇이었는지는 알지 못했다. 광경에 광경이 이어졌다. 하나의 장면이 다른 장면을 지웠다. 그는 지금 서펜타인 호수 위의 다리를 지나고 있었다. 호수 물은 저녁노을 빛에 반짝거렸다. 가로등 불빛이 물 위에 아른거리며 길게 뻗어 있었다. 그리고 저 끝에서 하얀 다리가 하나의 장면을 완성하고 있었다. 마차는 나무들의 그림자 속으로 미끄러져 들어가, 마블 아치Marble Arch(1827년 나폴레옹과의 전투에서 거둔 승리를 기념해 런던에 만든 대리석 문 – 옮긴이) 쪽으로 흘러가는 마차들의 긴 행렬에 합류했다. 야회복을 입은 사람들은 연극을 보고 사교 모임을 하러 가고 있었다. 불빛이 점점 더 노랗게 물들어갔다. 도로는 금속처럼 두드러진 은빛이 되었다. 모든 것이 축제처럼 보였다.

『세월』에서 발췌

켄싱턴 팰리스Kensington Palace의 높다란 창문들은 제이콥이 떠나는 동안 불처럼 붉은 장밋빛으로 물들었다. 야생 오리 한 무리가 서펜타인 호수 위를 날아갔다. 나무들은 하늘을 배경으로 검고 장엄하게 두드러져 보였다.

『제이콥의 방』에서 발췌

"어디까지나 런던에서 가장 아름다운 곳은(하지만 나는 15년이나 20년 전에 대해 말하고 있어)." 하고 그녀가 언젠가 말했었다. "켄싱턴이에요. 10분이면 켄싱턴 가든스에 갔어요. 시골 한가운데 있는 것 같았어요. 감기 걸리지 않고 실내화를 신은 채 식사하러 나갈 수 있었어요. 켄싱턴, 그곳은 그 당시 시골 같았어요. 아시죠." 하고 그녀가 말했었다.

「존재의 순간들: 슬레이터네 핀은 끝이 무뎌」에서 발췌

나는 가을의 런던 교외와 그 엄청난 시적인 분위기를 좋아해. 그리고 하이드 파크가 밤의 어둠 속으로 사라지는 광경과 퇴색한 몇몇 건물 정면에서 꽃들만 불타듯 빛나는 모습을 좋아해. 나는 서펜타인 호수에서 땅거미가 질 때 대화의 일부를 귓결에 듣는 것을 즐겨. 그리고 나 자신의 젊은 시절을 생각하며 우리가 얼마나 다른 사람들의 대화 속에서 살고 있는지를 자문하고는 차 반 파운드를 사는 것을 즐기지……

1934년 10월 12일자 에델 스미스에게 보낸 편지,
「버지니아 울프와의 여행 Reisen mit Virginia Woolf」에서 발췌

# 큐 가든 <sup>(왕립 식물원)</sup>Kew Gardens, Royal Botanic Gardens

타원형의 화단에서 대략 100여 개의 꽃자루가 뻗어서 하트나 혀 모양의 꽃잎들로 몸을 반쯤 가누고, 그 겉면에는 한층 더 화사한 색깔로 그려진 빨간색이나 파란색이나 노란색의 꽃잎들이 펼쳐졌다. 그리고 짙은 빨간색과 파란색 또는 노란색의 목 부분에서는 금가루가 묻어 거칠거칠하고 끝이 살짝 불룩한 곧은 잔가지가 솟아 있었다. 꽃잎들은 여름의 산들바람에도 흔들릴 정도로 무성했고, 꽃잎들이 움직이면 빨간색, 파란색, 노란색의 빛들이 겹쳐 흔들리면서 그 아래에 있는 1인치 정도의 갈색 흙을 대단히 복잡한 색의 얼룩으로 살짝 눌렀다. 빛은 조약돌의 매끄러운 회색 뒷면에, 또는 빙 돌아서 둘레에 갈색의 나선형 홈이 있는 달팽이 껍질 위에 떨어졌다. 또는 빛이 빗방울에 떨어지면 얇은 벽 같은 물이 마찬가지로 강렬한 빨간색과 파란색과 노란색으로 부풀어 오르다가 결국 터져서 사라지는 것을 볼 각오를 해야 할 판이었다. 하지만 대신에 물방울은 순식간에 다시 은회색이 되었고, 이제 빛은 잎살에 모

여 표면 아래에서 갈라지는 잎맥을 드러냈다가 다시
더 나아가 하트 형태와 혀 모양의 잎들이 만들어낸 둥
근 천장 아래의 한없이 푸르른 공간에 광채를 흩뿌렸
다. 그러고는 산들바람이 그 위로 좀 더 거칠게 몰아쳤
고, 색깔이 번개처럼 그 위의 대기에, 7월의 큐 가든을
산책하고 있는 남녀들의 눈에 뿌려졌다.

　이런 남녀의 형체들이 특히 고르지 않은 움직임으로
화단을 따라 분주하게 돌아다녔는데, 화단에서 화단으
로 지그재그로 비행하여 잔디밭 위를 떠다니는 희고
푸른 나비들의 동작과 다르지 않았다. 남자는 여자와
약간 떨어져 가면서 근심 없이 아무렇게나 한가로이
거닌 반면, 여자는 더 의도적으로 성큼성큼 걸으면서
아이들이 너무 뒤처져 있는 건 아닌지 보려고 이따금
돌아보았다. 남자는 아마도 무의식적으로 그랬겠지만,
여자와의 거리를 단호하게 유지했다. 계속 자기 생각에
몰두하고 싶었기 때문이었다.

　'15년 전에 릴리와 여기에 왔었지.' 하고 그는 생각했

다. '우리는 저쪽 호숫가 어딘가에 앉아 있었고, 나는 더웠던 그날 오후 내내 그녀에게 결혼해달라고 애원했지. 잠자리가 얼마나 끈질기게 우리 주위를 맴돌았던가. 잠자리의 모습과 발가락 쪽에 사각형의 은색 버클이 달려 있는 릴리의 신발이 얼마나 또렷하게 떠오르는가. 나는 이야기하는 내내 그녀의 신발을 바라보았고, 그 신발이 초조하게 움직이면 나는 보지 않고도 그녀가 무슨 말을 할지 알았어. 그녀의 전 존재가 신발에 들어가 있는 것 같았어. 그리고 나의 사랑, 나의 열망은 잠자리에 담겨 있었어. 무슨 이유에서인지 이런 생각이 들었어. 잠자리가 이 잎에, 가운데 붉은 꽃이 있는 넓은 잎에 내려앉는다면, 잠자리가 그 잎에 내려앉는다면, 그녀는 즉시 '좋아요' 하고 말할 거라고. 그런데 잠자리는 빙빙 돌고 돌았어. 어디에도 전혀 내려앉지 않았지. 물론 내려앉지 않았고, 다행스럽게도 그러지 않았어. 그렇지 않았다면 나는 엘리너와 아이들과 함께 이곳을 산책하고 있지 않을 거야.' "엘리너, 과거를 생각할 때가 있어요?"

"사이먼, 왜 그런 걸 물어요?"

"내가 지금 막 과거를 생각했거든요. 방금 릴리 생각을 했어요. 내가 결혼할 뻔했던 여자였지요……. 음, 왜 말이 없어요? 당신, 내가 과거를 생각하는 게 싫나요?"

"사이먼, 내가 왜 그걸 싫어하겠어요? 나무 아래에 남자와 여자 들이 누워 있는 공원에서는 언제나 과거를 생각하지 않나요? 저 사람들이 우리의 과거가 아닐까요? 그러니까, 그 과거로부터 남은 모든 것은 이 남자들과 여자들, 나무 아래 누워 있는 이 유령들…… 각자의 행복, 각자의 현실이 아닐까요?"

"나에게는 사각형 구두 버클과 잠자리가 그랬지."

"나에게는 그게 키스였어요. 여섯 명의 어린 소녀들을 생각해봐요. 20년 전, 그 소녀들이 저 아래 호숫가에서 이젤 뒤에 앉아 수련을, 내가 여태껏 처음 본 붉은 수련을 그리는 모습을요. 그런데 갑자기 키스가 느껴졌어요. 내 목덜미에 말이에요. 그리고 그날 오후 내

내 손이 너무 떨려서 나는 그림을 그릴 수가 없었어요. 나는 시계를 꺼냈고, 딱 5분 동안만 키스를 생각해도 되는 시간을 정했어요. 키스는 무척 소중했어요. 콧잔 등에 사마귀가 있는 백발 노파의 키스, 그것이 내 삶에 있었던 모든 키스의 원천이었죠. 캐롤라인, 어서 와, 휴 버트 어서 오렴."

그들은 이제 넷이 나란히 화단을 따라 계속 걸어가다 가 곧 나무들 사이에서 더 작아졌다. 그리고 햇빛과 그 림자가 그들 등의 불규칙하고 흔들리는 커다란 얼룩들 위로 미끄러질 때, 그들은 반쯤 투명해 보였다.

타원형 화단에서는 약 2분 정도의 잠깐 사이에 껍데 기에 빨갛고 파랗고 노랗게 얼룩이 생긴 달팽이가 이 제 껍데기 속에서 아주 천천히 움직이는 것 같았다. 그 러고는 푸석푸석한 흙의 표토를 헤쳐나가기 시작했는 데, 표토가 부서져 떨어지고 달팽이가 움직여 가는 동 안 굴러떨어졌다. 달팽이는 앞에 뭔가 확실한 목표가 있는 것처럼 보였다. 특유의 부자연스럽고 뻣뻣한 녹색 곤충과는 다르게 말이다. 그 곤충은 달팽이 앞에서 건너려고 하다가, 마치 스스로 깊이 생각해봐야 하는 것처럼 떨리는 더듬이들의 동작을 잠깐 멈춘 다음 성급하고 이상하게 반대 방향으로 성큼성큼 도망쳤다. 움푹 꺼진 곳들에 짙은 녹색 호수들이 있는 갈색 절벽들, 뿌리부터 꼭대기까지 흔들거리는 평평하고 아주 날카로운 나무들, 회색 암석으로 만들어진 둥근 표석들, 부드럽게 바스락거리는 고운 질감의 고랑 진 거대한 평지들. 이 모든 것들은 달팽이가 이 줄기에서 저 줄기로 목표까지 나아갈 때 방해가 되었다. 달팽이가 아치형 천막 지붕 같은 낙엽을 피해야 할지, 아니면 과감히 다가갈지를 미처 결정하기 전에 다른 인간들의 발이 화단 옆에 나타났다.

이번엔 둘 다 남자였다. 그중 젊은 남자는 뭔가 부자연스러운 침착함을 드러냈다. 동행하고 있는 상대가 말을 하는 동안 그는 시선을 들어 올리고는 전혀 움직임 없이 앞만 바라보았고, 상대가 말을 마치면 그 즉시 다시 땅을 바라보았다. 그리고 때로는 긴 침묵 후에나 겨우 입술을 뗐고, 또 때로는 아예 입을 열지 않았다.

　나이가 든 남자는 손을 앞으로 내밀고 머리를 갑작스레 위로 치켜들면서 묘하게 불규칙적이고 기우뚱거리는 걸음으로 걸어야 했다. 그 모습은 마치 집 앞 바깥에서 기다리는 것이 지겨워 안달하는 마차의 말 같았다. 그런데 이 남자의 경우 이런 몸짓들은 모호하고 아무 의미가 없었다. 그는 거의 쉴 새 없이 말을 했다. 자기 혼자 미소 짓다가, 마치 그 미소가 답변이기라도 한 것처럼 다시 말하기 시작했다. 그는 영혼들에 대해 말하고 있었다. 그의 말에 따르면, 지금 이 순간에도 죽은 자들의 영혼이 천국에서의 온갖 기이한 경험을 그에게 이야기해주고 있었다.

　"윌리엄, 천국 그것은 고대 테살리아(그리스의 동부 지방－옮긴이) 사람들을 위한 것이었는데, 이렇게 전쟁을 하고 있는 지금은 몹시 화가 난 영적인 실체가 거기 언덕들 사이를 구르고 있어." 그는 말을 멈추고 귀를 기울이는 듯하다가 미소를 짓더니 머리를 던지듯 높이 올리면서 말을 계속했다.

"작은 전지 하나와 고무 조각이 있다고 하자. 전선을 절연하기 위해서─절연한다고?─절연한다고?─아무튼, 자세한 세부 사항들은 생략하자. 세부적인 내용으로 들어가는 것은 무의미해. 그것은 이해할 수 없을 거야. 그러니까 간단히 말하면, 이 작은 장치가 침대 머리맡의 적절한 위치에, 아름다운 마호가니 소형 탁자에 놓여 있다고 해보자. 나의 지시에 따라 기술자들이 모든 장치를 아주 깔끔하게 조정하면, 미망인이 거기에 귀를 대고 마치 약속이나 한 것처럼 어떤 신호를 통해 영혼을 불러들이는 거야. 여자들! 미망인들! 상복을 입은 여자들이─"

그제야 그는 멀리서 여자의 옷을 알아본 것 같은데, 그 옷은 그늘 때문에 검은 보랏빛으로 보였다. 그는 모자를 벗고 한 손을 가슴에 댄 채, 중얼거리고 연신 손짓을 하며 그녀를 향해 뛰어갔다. 그런데 윌리엄이 그의 소매를 붙잡더니, 노인의 관심을 돌리려고 지팡이 끝으로 꽃을 건드렸다. 노인은 무척 혼란스러워하면서 잠깐 그 꽃을 바라본 후 몸을 굽혀 귀를 대고는 거기서 나오는 목소리에 답하려는 것 같았다. 왜냐하면 노인이 수백 년 전 유럽에서 가장 아름다운 젊은 여자를 데리고 방문했던 우루과이의 숲들에 대해 이야기하기 시작했기 때문이다. 얼굴에 금욕적인 인내의 표정이 서서히 깊어지는 윌리엄에게 계속 끌려가면서, 열대 장미의 밀랍 같은 잎들, 나이팅게일, 해변, 인어와 바다에 빠져 죽은 여자 등으로 가득한 우루과이의 숲들에 대해 노인이 중얼거리는 것을 들을 수 있었다.

그의 요란한 몸짓에 꽤 어리둥절해진 채 그의 발걸음을 바싹 따라간 것은 하위 중산층의 나이가 지긋한 두 여자였다. 한 사람은 몸집이 크고 동작이 느렸고, 또 한 사람은 뺨이 장밋빛이고 몸놀림이 민첩했다. 그들은 같은 계층의 사람들 대부분처럼 혼란스러운 마음을 나타내는 기이한 행동의 모든 징후에 거침없이 흥미를 느끼곤 했는데, 특히 부유층 사람에게서 나타날 때면 더 그랬다. 하지만 그들은 너무 멀리 떨어져 있어서, 저 요란한 몸짓이 단지 기이한 건지 아니면 정말로 미친 건지 확실히 알 수가 없었다. 잠시 노인의 등을 잠자코 살피고 서로 야릇하고 은밀한 눈빛을 보낸 후, 그들은 활기차게 계속 걸어가면서 몹시 복잡해진 대화를 정리했다.

"넬, 버트, 롯, 세스, 필, 파, 그가 말하고, 내가 말하고, 그녀가 말하고, 내가 말하고, 내가 말하고, 내가 말하고—"

"나의 버트, 언니, 빌, 할아버지, 노인, 설탕,
  설탕, 밀가루, 청어, 푸른 채소
  설탕, 설탕, 설탕."

몸집이 큰 여자는 쏟아지는 말들의 무늬 사이로 이상한 표정을 지으며, 땅에 태연하고 단단하고 곧게 서 있는 꽃들을 바라보았다. 깊은 잠에서 깨어난 잠꾸러기가 놋쇠 촛대를 바라보듯. 그 촛대는 평소와는 다른 방식으로 빛을 반사하고 있었고, 그녀는 눈을 감았다가 다시 떴으며, 촛대를 또다시 보았을 때 마침내 완전히 깨기 시작하여 있는 힘을 다해 촛대를 응시하는 것 같았다. 그래서 몸이 둔한 그 여자는 타원형의 화단 건너편에서 옴짝달싹 못 한 채 다른 여자가 말하는 것을 듣는 척조차 하지 않았다. 그녀는 거기 서서 쏟아지는 말들을 흘려보내며 상체를 앞뒤로 흔들면서 꽃들을 바라보았다. 그러고는 앉을 자리를 찾아서 차를 마시자고 제안했다.

달팽이는 이제 잎을 돌아서 기어가거나 넘어가지 않고도 목표에 도달할 수 있는 모든 가능성을 꼼꼼히 따져보았다. 잎을 넘어가는 데 꼭 필요한 수고는 차치하더라도, 달팽이는 더듬이 끝이 닿을 때 이미 몹시 두려운 바스락 소리에 떨리는 고운 질감의 잎이 자기의 무게를 지탱할지 의심했다. 그래서 결국 그 아래를 기어서 지나가기로 했다. 그렇게 할 수 있을 만큼 잎이 바닥에서 높이 들린 곳이 있었기 때문이다. 달팽이가 머리를 막 틈새에 집어넣고 갈색의 높은 지붕을 면밀히 관찰하며 차분한 갈색빛에 익숙해졌을 때, 바깥의 잔디 밭에서 다른 사람 두 명이 지나갔다. 이번에는 둘 다 젊었다. 젊은 남자와 젊은 여자였다. 둘 다 한창 젊을 때였거나, 심지어 꽃다운 청춘이 되기 직전이었다. 그러니까 나비로 완전히 다 자랐는데도 날개가 햇빛 속에서 움직이지 않을 때 꽃의 매끄러운 연분홍 주름들이 끈끈한 포자낭을 터트리기 전이었다.

"오늘이 금요일이 아니어서 다행이오." 하고 그가 말했다.

"어째서요? 당신 미신을 믿어요?"

"금요일이면 6펜스를 내야 해요."

"6펜스가 무슨 대수예요? 그것은 6펜스의 가치도 없어요?"

"'그것'이 뭐요…… '그것'이 무슨 뜻이오?"

"아, 그냥 뭐든지…… 내 말은…… 당신도 내 말뜻 알잖아요."

이렇게 말하는 사이사이에 긴 침묵이 흘렀다. 억양이 없고 단조로운 목소리가 내는 말들이었다. 그 한 쌍의 남녀는 화단 가장자리에 가만히 서서, 함께 여자의 양산 끝을 부드러운 흙 속으로 깊이 눌렀다. 이런 장면과 마찬가지로, 그의 손이 그녀의 손 위에 포개져 있다는 사실은 신기하게도 그들의 감정을 말해주었다. 의미 없는 이 짧은 말들도, 그러니까 그 의미의 무거운 몸체에 비해서 날개가 작아 멀리 데려다주기에는 불충분한 말들도 뭔가를 표현하는 것처럼. 그래서 그 말들은 주변에 있는 것들로 서툴게 손을 대기에는 너무 투박한, 아주 평범한 사물들에 어색하게 내려앉았다. 하지만 (양산 끝을 흙 속으로 누를 때 그들은 이렇게 생각했다) 그 말들 속에 어떤 가파른 낭떠러지가 숨겨져 있지 않은지, 또는 건너편에서 어떤 얼음 비탈이 반짝거리는지 누가 알까? 누가 알까? 누가 예전에 이것을 본 적이 있을까? 그녀가 큐에서는 어떤 차를 마실 수 있는지 알고 싶어 할 때조차 그는 그녀의 말들 뒤에서 무언가 희미하게 빛나며, 그것이 헤아릴 수 없이 깊고 단단하게 그 말을 받치고 있음을 느꼈다. 안개가 아주 서서히 걷히면서 드러났다. 오, 맙소사—저게 무슨 형체들이었지? 흰색의 작은 탁자들, 처음에는 그녀를, 다음에는 그를 바라보는 여종업원들. 그리고 그가 진짜 2실링짜리로 지불할 계산서가 있었고, 그건 현실이었다. 완전히 현실이었다. 그는 그 사실을 확인하면서 주머니에 있는 동전을 만지작거렸다. 그와 그녀만을 빼고 모두에게 현실이었다. 그에게조차 그것은 현실이 되는 것처럼 보였다. 그러고는, 하지만 그것은 너무 흥분되는 일이어서 그렇게 서서 계속 생각할 수가 없었다. 그래서 그는 양산을 땅에서 홱 잡아 빼고는, 다른 사람들과 함께 다른 사람들처럼 차를 마실 만한 곳이 있는지 초조하게 찾아보았다.

"트리시, 지금 어서. 딱 차를 마실 적기요."

"대체 어디서 차를 마신다는 거예요?" 하고 그녀는 몹시 들떠서 떨리는 목소리로 물었다. 그러면서 주변을 막연히 둘러보고는 잔디밭 길을 힘들게 걸어갔다. 양산을 질질 끌고 고개를 이리저리 돌리고 차 마시는 것 따위는 잊고 이리 뛰고 저리 뛰려고 하면서, 야생화들 사이에 있는 난초들과 두루미들, 중국식 탑, 그리고 진홍빛 볏이 있는 새를 생각했다. 그런데 그녀를 끌고 간 것은 그였다.

이런 식으로 한 쌍 또 한 쌍의 남녀들이 마찬가지로 불규칙적이고 정처 없는 움직임으로 화단을 지나가면서 녹청색의 연무에 겹겹이 휩싸이더니, 처음에는 그들의 몸에 실체와 약간의 색채가 있었지만 나중에는 실체와 색채 둘 다 녹청색 대기에 녹아 사라졌다. 날이 얼마나 덥던가! 너무 더워서 꽃그늘 속에 있는 지빠귀마저 한 번의 동작과 다음의 동작 사이에 긴 간격을 두고 기계장치처럼 깡충깡충 뛰겠다고 할 정도였다. 하얀 나비들은 막연히 헤매는 대신 서로 포개져 춤을 추었다. 그리고 한창 호화로운 꽃들 위에서 이리저리 옮겨지는 하얀 얼룩들을 가지고 박살 난 대리석 기둥의 윤곽을 만들어냈다. 종려나무 재배용 온실의 유리 지붕은 빛을 발했는데, 마치 반짝이는 녹색 우산들로 꽉 찬 시장 전체가 햇빛을 받아 열리는 것 같았다. 비행기가 요란하게 내는 굉음에 대고 여름 하늘의 음성이 거칠고 격렬하게 웅얼거렸다. 노란색과 검정색, 담홍색과 순백색, 이 온갖 색깔의 형체들, 그러니까 남자들과 여자들과 아이들이 수 초 동안 지평선에 반점처럼 나타났다. 그리고 나서 잔디밭에 온통 펼쳐져 있는 노란색이 보이자, 그들은 현기증이 나서 나무 그늘을 찾다가 노란색과 녹색의 대기 속에서 물방울처럼 녹아 사라지더니 대기를 조심조심 빨간색과 파란색으로 물들였다. 둔하고 무거운 모든 몸뚱이가 더위 속에서 가만히 주저앉아 서로 뒤섞여 아무렇게나 바닥에 누워 있는 것처럼 보였지만, 목소리는 마치 양초에서 굵은 밀랍 심지를 빼앗아가는 불꽃인 양 그들에게서 머뭇머뭇 나왔다. 목소리였다. 그렇다, 목소리였다. 아주 깊은 만족감으로, 그러니까 대단히 열정적인 갈망으로, 아니면 아이들의 목소리에서는 아주 신선한 놀라움으로 갑자기 정적을 깨뜨리는 무언의 목소리였다. 그것이 정적을 깨뜨렸을까? 하지만 정적은 없었다. 버스가 내내 바퀴를 굴리며 기어를 바꾸었다. 끊임없이 교대로 돌아가는 중국제 단조 강철 소총들의 엄청난 세트처럼 도시는 웅웅거리는 소리를 냈다. 그리고 그것을 넘어서 목소리들이 크게 소리를 질렀고, 무수한 꽃잎들이 색깔들을 대기 중에 번쩍였다.

「큐 가든」에서 발췌

다음 토요일 오후 3시 15분에, 랠프 데넘은 큐 가든의 호숫가에 앉아서 집게손가락으로 시계 숫자판을 각각의 부분으로 나누었다. 시간의 공평하고 가차 없는 본성이 그의 얼굴에 그대로 나타났다. 그런 표정이라면, 신격과 같은 이 시간이 서두르지 않고 쉼 없이 계속 가는 것에 대한 찬가를 작곡할 수 있을 것이었다. 1분 1분이 지나가는 동안 그는 암울한 체념으로 이 반박할 수 없는 법칙성에 따르는 것처럼 보였다. 그의 표정이 너무 진지하고 너무 평온하고 너무 태연해서, 적어도 그에게는 한결같이 흘러가는 시간이 어떤 사소한 짜증으로도 손상되어서는 안 되는 숭고함을 지닌 게 분명했다. 설령 시간이 지나가면서 그 자신의 커다란 희망들도 사라진다 하더라도.

그의 표정을 보면 내면에서 무슨 일이 일어나고 있는지 곧잘 알아낼 수 있었다. 그는 무척 고양된 심적 상태에 있어서 일상생활의 평범한 것들에는 눈길이 가지 않았다. 어떤 숙녀가 약속 시간에 15분 늦는다는 사실을, 이런 우발적 사건에서도 평생의 좌절을 맛보지 않고는 받아들일 수 없었다. 시계를 들여다볼 때는 인간 존재의 근원을 깊이 들여다보는 것 같았고, 거기서 본 어떤 것 때문에 그는 경로를 북쪽과 자정 쪽으로 바꾸었다……. 그렇다, 이 여정은 동료 없이 홀로 얼음판과 시커먼 물을 뚫고 위험을 무릅쓰고 감행해야 했다. 그러나 어떤 목표를 향해서? 이 대목에서 그는 손가락을

30분 지점에 놓고, 분침이 그 지점에 이르면 가겠다고 결심했다. 그러면서 동시에 의식 속에서 제기되는 수많은 질문 중 하나에 다음과 같은 취지로 답했다. 확실히 목표는 존재하지만, 그 방향으로 반만이라도 나아가려면 가차 없는 추진력이 필요하다고 말이다. 그래도, 그래도 그 길을 계속 나아가는 거라고, 똑딱거리며 가는 초침이 그에게 확인해주는 것 같았다. 별로 중요하지 않은 부차적인 것을 눈을 크게 뜨고서 품위 있고 단호하게 받아들이지 말라고, 무가치한 것에 유혹당하지 말라고, 흔들리지 말라고, 굴복하지 말라고 단언하는 것 같았다. 시계는 이제 3시 25분을 가리켰다. 캐서린 힐버리가 이미 30분이나 늦었기 때문에 이 세상에는 행복도 싸움을 그만두고 쉬는 것도 그 어떤 확실성도 없다고 그는 확신했다. 애당초 만물이 잘못 끼워 맞춰진 체계에서 희망은 용서할 수 없는 단 하나의 어리석음을 만들었다. 그는 잠시 시계 숫자판에서 시선을 들어, 마치 자신의 엄격함이 여전히 누그러질 수 있는 것처럼 평온하고도 약간 우울한 표정으로 건너편 호숫가를 둘러보았다. 그가 아주 잠깐 움직이지 않았지만, 곧 눈빛에서 아주 깊은 만족감이 나타났다. 그는 너른 풀밭 길로 급하게 허둥지둥하지만 동시에 약간 머뭇거리며 다가오는 한 숙녀를 바라보았다. 그녀는 그를 보지 못했다. 떨어진 거리 때문에 그녀의 형체는 형언할 수 없이 크게 느껴졌고, 가벼운 산들바람에 부풀며 그녀의 어깨에서 흩날리는 보라색 베일이 그녀를 낭만적인 분위기로 둘러싸는 것처럼 보였다.

"저기 그녀가 온다. 마치 돛을 다 올리고 전속력으로 가는 배처럼." 하고 그가 말하며 어느 연극인지 시인지에 나오는 구절을 반 정도 기억해냈다. 그 장면에서는 여주인공이 깃털을 휘날리며 황급히 다가왔고, 아리아를 부르는 소리들이 그녀를 맞이했다. 초록빛과 위풍당당한 나무들이 그녀를 둘러쌌는데, 흡사 그녀가 오기 때문에 나무들이 앞으로 나선 것 같았다. 그가 일어섰고 그녀는 그를 보았다. 그녀의 작은 외침은 그를 찾아서 기쁘다는 것을 말해주었지만, 늦은 것 때문에 자책한다는 것도 보여주었다.

"왜 얘기해주지 않았나요? 이런 곳이 있는 줄은 몰랐어요." 하고 그녀는 말하며 호수와 드넓은 녹지와 줄지어 선 나무들, 멀리 있는 템스강의 금빛 잔물결, 초원한가운데 자리한 공작의 성을 가리켰다. 그녀는 공작령의 사자상이 뻣뻣이 쳐든 꼬리를 보고는 믿을 수 없다는 듯 크게 웃었다.

"큐에 와본 적 없나요?" 하고 데넘이 물었다.

그런데 그녀는 어렸을 때 이곳에 한 번 와본 적이 있었다. 그때는 공원이 완전히 다르게 보였고, 플라밍고와 심지어 낙타도 분명히 공원의 동물들에 속했을 것이었다. 그들은 느릿하게 계속 거닐면서 이 전설적인 정원들을 부활하게 했다. 그가 느끼기에, 그녀는 그저느릿느릿 거닐고 어슬렁거리며, 마치 이런 기분 전환에진정 효과가 있는 것처럼 눈길이 닿는 모든 것—수풀, 공원지기, 화려한 색깔의 거위—에서 상상력의 영감을 받는 것을 기뻐했다. 이번 봄에 처음으로 따뜻한 오후가 그녀를 유혹하여 너도밤나무를 간벌한 빈터의 벤치에 앉게 했다. 그곳 주위로는 녹색의 숲속 길들이 이곳저곳으로 나 있는 오솔길들이 갈라졌다. 그녀가 깊이 한숨을 쉬었다.

"아주 평화롭네요." 하고 그녀는 자신의 한숨을 설명하려는 것처럼 말했다. 인간이라고는 한 명도 보이지 않았고, 나뭇가지에 부는 바람의 흔들림이, 그러니까 런던 사람들은 좀처럼 듣지 못하는 이 소리가 그녀에게는 저 멀리 펼쳐진 깊이를 알 수 없는 감미로운 공기의 바다로부터 실려 오는 것 같았다.

그녀가 숨을 쉬며 바라보는 동안, 데넘은 나뭇잎 아래에서 반쯤 숨 막혀 죽은 채 바닥에서 비쭉 솟아 있는 녹색 잎 무리를 지팡이 끝으로 드러냈다. 그는 식물학자의 각별하게 꼼꼼한 태도로 그렇게 했다. 그녀에게 그 작은 녹색 식물의 이름을 델 때, 그는 첼시에서도 누구나 다 아는 그 꽃을 알아채지 못하게 라틴어 이름을 사용해서 캐서린이 그의 박식함에 살짝 즐거워하는 감탄을 내뱉게 했다. 그녀는 자신이 모르는 것이 너무 많다고 고백했다. 예를 들어 저 나무를 영국식 이름으로 부른다고 가정한다면, 건너편의 이 나무는 뭐라고 부르는지? 너도밤나무 또는 느릅나무, 아니면 단풍나무? 어떤 낙엽은 형태가 떡갈나무라는 것을 보여주었다. 데넘이 편지봉투에 그리기 시작한 도표를 살짝 엿보고서 캐서린은 영국 나무들의 기본적인 식별 특징들 몇 가지를 금방 알 수 있었다. 그래서 그녀는 꽃들에 대해 가르쳐달라고 청했다. 그녀가 보기에는 모양과 색깔이 다양한 꽃잎들이 서로 매우 닮은 초록 줄기들 위에, 계절마다 다 다르게 피어나는 것들이었다. 그런데 그에게 있어서 꽃은 처음에는 알뿌리나 씨앗이었다가 나중에는 암수와 기공, 그리고 각종 기발한 조직들로 생존과 번식에 적응할 능력을 갖춘 데다 겉모양이 줄기가 단단하거나 끝이 뾰족해지고 불꽃색이거나 납빛이고 깨끗하거나 얼룩덜룩할 수 있는 생명체였다. 아마도 인간 존재의 신비를 밝힐 수 있는 과정들에 근거해서 보면 그랬다. 데넘은 오랫동안 은밀히 간직해온 취미에 대해 점점 더 열을 올리며 이야기했다. 어떤 강연도 캐서린의 귀에는 그보다 더 반가운 소리로 들리지 않았을 것이다. 몇 주 전부터 그녀는 그렇게 기분 좋은 음악이 마음에 울려 퍼지게 하는 어떤 이야기도 듣지 못했다. 그것은 너무 오랫동안 외로움을 키웠던 그녀의 존재 속 온갖 외딴 구석들에 반향을 불러일으켰다.

그녀는 그가 식물에 대해 영원히 이야기해주었으면 했다. 그리고 그 무한한 변이를 지배하는 법칙을 찾기 위해 과학이 완전히 눈먼 채 더듬고만 있는 것은 아니라는 걸, 그가 그녀에게 보여주었으면 했다. 이해하기는 어렵겠지만 분명히 전능한 어떤 법칙이 우선은 그녀의 마음에 들었다. 인간의 삶을 지배하는 것 가운데 이것에 견줄 만한 것을 그녀는 찾을 수 없었기 때문이다. 정황상 그녀는 한창 젊을 때의 대다수 여성들처럼 심히 무질서한 삶의 저 부분을 오랫동안 애를 써서 철저하게 골똘히 생각해야 했다. 그녀는 기분과 소원에 대해, 공감이나 혐오의 정도와 그것들이 그녀가 아끼는 이들의 운명에 끼치는 영향에 대해 곰곰이 생각해야 했다. 정신이 인간과 무관한 운명을 만들어내는, 삶의 저 다른 부분에 대한 모든 고려는 포기할 수밖에 없었다. 데넘이 말하는 동안, 그녀는 그의 말을 따라가며 그 의미를 숙고했다. 그것은 오랫동안 쓰이지 않고 묵혀 있던 이해력이 드러내는, 힘들이지 않는 정신적 활력이 있어서 가능했다. 나무들과 푸르른 먼 곳과 어우러지는 녹지들은 개개인의 행복, 결혼 또는 죽음에 거의 개의치 않는 엄청나게 큰 외부 세계의 상징들이 되었다. 데넘은 자신이 말한 것을 예를 들어 설명하기 위해 그녀를 암석정원으로, 난초 온실로 데려갔다.

대화가 나아간 방향은 그에게 안도감을 주었다. 그의 강한 어조는 과학이 그에게 불러일으키는 것보다 더 개인적인 감정에서 비롯되는 것일 수 있지만 잘 감추어져 있었고, 설명하고 해석하는 일이 그에게는 천성적으로 쉬웠다. 그런데도 그는 난초들 사이에 서 있는 캐서린을 보면서, 난초들이 줄무늬 모자와 살집이 있는 목으로 캐서린을 응시하며 기상천외한 식물들이 얼마나 기이하게 그녀의 아름다움을 돋보이게 하는지 알아챘다. 그러자 식물학에 대한 열정이 시들고 좀 더 복잡한 감정이 생겼다. 그녀는 말이 없었다. 그녀의 생각은 온통 난초들에게 사로잡힌 것 같았다. 그녀는 규정을 어기고 맨손을 뻗어 난초 하나를 만졌다. 그녀의 손가락에서 루비 반지가 보이자 그는 너무나 불쾌해져서 움찔하며 몸을 돌려 외면했다. 하지만 다음 순간 그는 정신을 다시 가다듬고, 그녀가 진기한 난초를 생각에 깊이 잠겨 명상하듯 차례차례 살펴보는 모습을 지켜보았다. 자기 앞에 있는 것을 도대체 보지 못하고 그 배후에 있는 종교들에서 더듬거리며 찾는 누군가처럼. 멍한 눈빛에는 어떤 편견도 없었다. 데넘은 자신이 그 자리에 있음을 그녀가 알고 있는지 의심스러웠다. 물론 말 한마디나 동작 하나로 자신의 존재를 기억해내게

할 수는 있었다. 그런데 무엇 때문에? 그녀는 그렇게 있는 것이 더 행복했다. 그가 줄 수 있는 어떤 것도 필요로 하지 않았다. 그리고 아마 그로서도 떨어져 있는 것이, 다만 그녀가 존재한다는 것을 알고 그가 이미 가진 것을―완벽하고 황홀하고 온전히 보전하는 편이 가장 나을 것이었다. 더구나 그녀는 이 뜨거운 공기 속의 난초들 사이에서 가만히 서 있는 것처럼 그가 자기 집의 방에서 상상했던 장면을 이상한 방식으로 묘사했다. 그의 기억과 뒤섞인 그 광경은 문이 뒤에서 닫히고 그들이 계속 걸어갈 때도 그를 침묵하게 했다.

『밤과 낮』에서 발췌

녹지와 그 한가운데 있는 교회 종탑과 양쪽에 사자가 웅크리고 있는 출입구를 우리가 알아볼까요? 오, 맞아요, 큐예요! 그리고 큐라면 우리가 만족할 거예요. 그러니까 우리가 큐에 있는 거예요. 그럼 오늘(3월 2일)은 제가 자두나무 아래에서 나리와 크로커스, 그리고 아몬드 나무의 새싹을 보여드릴게요. 그것은 그곳의 여기저기를 휘둘러볼 때 10월에 심고 이제 꽃을 피우는 털 많고 불그스름한 구근을 생각한다는 것, 그리고 담뱃갑에서 담배나 여송연을 꺼내고 (운無이 요구하는 대로) 옷을 나무 가장자리에 던지고 앉아서 저녁이면 이 강둑에서 저 강둑으로 날아가는 것을 본 적이 있다고들 하는 물총새를 기다린다는 것을 말해요.

『올랜도』에서 발췌

점심을 먹은 후 나는 큐 가든 입구에서 L을 만났다. 우리는 공원을 지나 다시 리치먼드로 산책을 갔다. 공원에는 이제 눈에 띌 정도로 꽃봉오리와 덩이줄기가 넘쳐나지만, 아직 활짝 핀 꽃은 보이지 않는다.

일기, 1915년 1월 26일

지속적인 강한 찬바람과 함께 날이 좋았다가 궂었다가 했다. 우리는 큐로 갔고, 불타는 듯한 붉은 덤불을 보았다. 벚꽃처럼 붉은색이지만─한기가 들 정도로 붉어서─더 강렬했다. 날아올랐다가 고기 조각들을 향해 내려앉는 갈매기들도 보았다. 비둘기 떼가 무척 우아한 연회색 두루미 세 마리로 인해 갑자기 옆으로 날아갔다. 우리는 난초들이 있는 건물에도 갔다. 거기에는 열대의 더위 속에서나 볼 수 있는 험상궂은 파충류들이 살고 있는데, 심지어 지금과 같은 추위에는 반점과 줄무늬가 있는 고깃덩어리가 아니면 그 어떤 것이 있어도 모습을 드러내지 않는다. 이 파충류들은 언제나 내게 소설 속에 담고 싶은 욕망을 불러일으킨다.

일기, 1917년 11월 26일

오늘 (토요일) 우리는 큐로 갔다. 갈란투스, 난쟁이 시클라멘, 아주 작은 만병초 등은 벌써 싹이 터 있다. 풀이나 죽은 잎들을 뚫고 나오는 몇몇 무릇이나 크로커스의 뾰족한 끝부분도 이미 밖으로 드러나 있다.

일기, 1918년 1월 25일

어제는 큐 가든의 목련들이 가장 우울한 모습을 보여주었다. 장밋빛의 커다란 꽃들이 모든 꽃 중에서 가장 화려하게 막 피려고 하다가 이제 갈색이 되고 시들더니 쪼글쪼글해져서, 살아 있는 동안 더는 꽃을 피우지 못하고 흉한 모습이 되었다. 우리는 하얀 장갑에 들려 있는 나뭇가지 몇 개가 죽었다는 것을 알아차렸는데, L에 따르면 접목을 시도한 표시라고 했다. 심지어 수선화는 완전히 구부러져 있었다. 과일나무들은 갈색이 되었고 갉아 먹힌 상태였다. 날씨는 계속 바람이 불고 비가 왔으며 때때로 눈도 왔다.

일기, 1918년 4월 21일

우리는 이제 방금 큐에 있었다. 내가 말할 수 있는 것은, 이것이 내가 생각해낼 수 있는 가장 이르고 가장 아름답고 가장 긴 봄이라는 것뿐이다. 아몬드 나무는 꽃이 한창이다.

일기, 1920년 3월 3일

어제는 큐에 갔다. 그리고 만약 식물의 기록이 필요하게 된다면, 어제는 벚꽃과 배나무와 목련에 가장 좋은 날이었다고 힌트 삼아 언급하겠다. 검정색 꽃받침이 있는 아주 아름다운 하얀 꽃. 막 떨어지고 있는 또 다른 보라색 꽃. 또 하나, 또 하나의 꽃. 그리고 노란 덤불들과 잔디밭에 핀 수선화들. 그리고 나서 우리는 리치먼드를 산책하며 지나갔다. 연못을 따라서 이어지는 긴 길.

일기, 1935년 4월 1일

# 리젠트 파크 Regent's Park

12월 어느 날 오후 4시 반에 리젠트 파크는 음울한 장소이다. 아주 많은 검붉은 잎들이 길에 납작하게 놓여 있는 것처럼 보인다. 그러면 공원 관리인들이 휘파람을 불기 시작하고, 나는 어렸을 때 감금될까 두려워했던 것을 기억한다. 그러고 나면 안개가 이 탁 트인 평지 위로 구르듯 몰려온다. 공원 한쪽에서는 동물원에 있는 보다 평범한 동물들이—아마도 전쟁 탓이겠지만 지금은 주로 돼지들이 꿀꿀거리고 으르렁거린다.

일기, 1918년 12월 3일

언제나처럼 내 운명을 어떻게 개선할 수 있을지 골똘히 생각 중이다. 오늘 오후 리젠트 파크를 혼자 산책하는 것으로 시작하겠다. 내가 진정 궁금한 건, 왜 인간은 단 하나의 일이라도 하기 싫은 일을 해야만 하느냐는 것이다. 이를테면 모자를 사거나 책을 읽는 것처럼.

일기, 1932년 7월 13일

세상에서 가장 큰 행복은 분명 이것이다—초록빛이지만 비에 젖은, 초록빛이지만 붉은빛과 분홍빛과 푸른빛이 감도는 저녁에 리젠트 파크를—그러니까 전반적으로 내리는 뿌연 빗속에서 떠오르는 꽃밭을—산책하고 문장들을 떠올리는 것. 〔…〕 내가 문장들을 만들어내느라고 버스를 내리는 바람에 2페니를 허비하고 리젠트 파크를 지나갔는데, 그게 어째서 좋은 걸까.

일기, 1935년 6월 6일

저녁 경치를 구경했다. 아, 리젠트 파크 위에 떠 있는 연보랏빛 회색 구름과 보라색과 노란색의 천체 별자리를 보고 나는 기뻐서 펄쩍 뛰었다.

일기, 1939년 6월 29일

우리는 리젠트 파크에서 산책을 했다. 사람들이 죽을 때마다 나는 늘 날씨를 살핀다. 영혼이 비가 오는지, 바람이 부는지를 감지하는 것처럼.

루크레치아 워렌 스미스는 리젠트 파크의 브로드 워크에 있는 의자에 남편 곁에 앉아서 하늘을 올려다보았다. "셉티머스, 좀 봐요, 좀 봐요!" 하고 그녀가 소리쳤다. 홈스 의사가 그녀에게 남편이 (남편이 무슨 심각한 문제가 있는 건 아니고 다만 그다지 좋은 상태가 아니라고 했다) 바깥세상의 일들에 관심을 갖게 하라고 말했기 때문이다.

그래, 하고 셉티머스는 생각하며 하늘을 올려다보았다. 그것들은 내게 그러니까 신호를 보내고 있는 거야. 물론 진짜 말로 그런 것은 아니었다. 그가 그 언어를 아직은 해독할 수 없다는 뜻이다. 그런데 그녀는 분명히 한계에 달했다. 이 아름다운, 이 절묘한 아름다움, 그리고 연기같이 피어오르는 말들을 말없이 바라볼 때 그의 눈에는 눈물이 고였다. 그 말들이 어떻게 하늘에서 줄어들다가 녹듯이 사라지더니 한없는 자비와 선한 웃음으로 상상할 수 없을 정도로 아름다운 광경을 차례로 보여주며, 그에게 그냥 바라보기만 하면 공짜로 영원히 아름다움을, 점점 더 많은 아름다움을 주겠다는 의도를 알려주었던가! 눈물이 그의 뺨을 타고 흘러내렸다. 〔…〕 실로 엄청난 발견이었다. 인간의 목소리가 어떤 특정한 대기적 조건하에 (과학적이어야, 특히 과학적이어야 하니까) 나무에 생기를 불어넣을 수 있다니! 다행히도 레치아가 엄청 힘을 주면서 손을 그의 무릎에 얹는 바람에 그는 세게 짓눌리고 꼼짝 못 하게 되었다. 그렇지 않았다면 오르내리는 것, 그러니까 잎이 전부 다 붉게 물든 느릅나무와 푸른색에서 초록색으로 옅었다가 짙어지며 부서지는 파도의 색깔이 말 머리의 깃털들, 숙녀들의 머리에 꽂힌 깃털 장식들처럼 대단히 위풍당당하게, 대단히 화려하게 오르내렸는데, 그렇게 오르내리는 것에 그는 흥분하여 거의 미칠 뻔했다. 하지만 그는 미치지 않을 것이다. 눈을 감고 더 이상 아무것도 보지 않을 것이다.

그런데 그것들이 손짓했다. 나뭇잎들은 살아 있었다. 나무들은 살아 있었다. 그리고 나뭇잎들은 수백만 개의 섬유질을 통해 저기 의자에 앉아 있는 셉티머스의 몸과 연결되어 있어서 그를 부채질하듯 위아래로 흔들었다. 나뭇가지가 쭉 뻗으면, 그도 함께 쭉 뻗었다. 들쭉날쭉한 분수들에서 날개를 푸드덕거리며 솟구쳐 올랐다가 떨어지는 참새들은 무늬의 일부였다. 검은 나뭇가지들로 인해 줄이 생긴 흰색과 푸른색 무늬였다. 소리들은 계획적으로 조화를 이루었다. 소리들 사이의 공간은 소리들만큼 의미심장했다. 한 아이가 비명을 질렀다. 바로 그때 멀리서 경적이 울렸다. 그 모든 것이 함께한다는 것은 새로운 종교의 탄생을 의미했다. 〔…〕

사람들이 나무를 베면 안 된다. 신은 존재한다. (그는 계시 같은 깨달음을 봉투 뒷면에 적었다) 세상을 변화시켜라. 아무도 증오심 때문에 죽이지 마라. 그것을 알려라. (그는 그렇게 적어두었다) 그는 기다렸다. 그는 귀를 기울였다. 건너편 난간에 앉은 참새가 셉티머스, 셉티머스 하고 네다섯 번 연달아 지저귀고는, 음을 길게 끌면서 낭랑하고 날카롭게 범죄는 없다고 계속해서 그리스어로 노래를 불렀다. 그리고 죽은 자들이 거닐고 있는 강 저편 삶의 초원에 있는 나무들에서 또 다른 참새가 가세하여 함께 끊임없이 반복적이고 날카롭게 그리스어로 죽음은 없다고 노래했다. 〔…〕

사람들에게서 멀리─참새들이 사람들로부터 멀리 가야 한다고 그는 (벌떡 일어나면서) 말했다. 아주 멀리. 나무 아래에 의자들이 있고, 연기 같은 것이 저 위 높이 피어오르는 파란색과 장밋빛의 무대 배경과 함께 공원의 긴 비탈이 한 폭의 녹색 천처럼 내려간 곳으로. 그리고 거기에는 옅은 안개에 가려진 채 멀리 있는 불규칙한 집들의 장벽이 연무에 가려져 있었고, 차량들은 빙빙 돌며 웅웅거렸으며, 그 오른쪽에서는 짙은 색깔의 동물들이 동물원의 판자 울타리 위로 목을 길게 빼고 짖어대고 울부짖었다. 그들은 거기 나무 아래 앉았다.

"좀 봐요." 하고 그녀는 그에게 간청하며 크리켓 폴을 들고 가는 한 무리의 어린 소년들을 가리켰는데, 한 명은 발을 끌며 걷다가 발꿈치로 휙 돌고는 마치 버라이어티쇼에서 광대 역할을 하는 것처럼 발을 끌며 걸었다.

"좀 봐요." 하고 그녀는 그에게 간청했다. 홈스 의사가 그녀에게 말하기를, 그에게 현실적인 일들에 대한 주의를 환기시키라고 했기 때문이다. 버라이어티쇼에 가고 크리켓을 하라고―그게 바로 제대로 된 운동이라고 홈스 의사가 말했다. 신선한 공기 속에서 하는 멋진 운동이라고, 그녀의 남편에게 딱 맞는 운동이라고.

"좀 봐요." 하고 그녀가 되풀이해 말했다. [⋯]

리젠트 파크 전철역으로 가는 길을―그들이 그녀에게 리젠트 파크 전철역으로 가는 길을 말해줄 수 있는지―메이지 존슨은 알고 싶었다. 겨우 이틀 전에 에든버러에서 왔다고 했다.

"이 길이 아니에요. 저쪽으로 가요!" 하고 레치아가 열을 올리며, 셉티머스를 보지 못하도록 그녀를 손짓으로 밀쳤다.

둘 다 이상해 보이는 것 같아, 하고 메이지 존슨은 생각했다. 모든 것이 무척 이상해 보였다. 런던에 처음으로 온 것은 레든홀 스트리트에 있는 숙부 집에 묵으며 일자리를 얻기 위해서였다. 그리고 이날 아침에 리젠트 파크를 지나가던 중이었다. 그때 의자에 앉아 있던 이 부부가 그녀를 정말 놀라게 했다. 젊은 여자는 외국인 같았고, 남자는 눈초리가 무척 묘했다. 그래서 그녀는 아무리 늙는다 하더라도 50년 전 어느 아름다운 여름날 아침에 리젠트 파크를 지나갔다는 것을 늘 기억하고 또 기억할 것이다. 그녀는 비로소 열아홉 살이 되어서 드디어 런던에 가도 되는 나이가 되었기 때문이다. 그녀가 길을 물었던 이 부부는 지금 얼마나 이상한가. 여자는 놀라서 벌떡 일어나 손사래를 쳤고, 남자는—그는 몹시 이상해 보였다. 어쩌면 다투고 있는 중이거나 영원히 헤어지는 것 같았다. 무슨 일이 벌어졌다는 것을 그녀는 알았다. 그리고 이제 이 모든 사람 (그녀가 브로드 워크로 돌아갔기 때문이다), 돌 웅덩이들, 관상용 식물들, 나이 든 남자들과 여자들, 휠체어를 탄 장애인 대부분—에든버러에 비추어 보면 모든 것이 너무 이상했다. 그리고 메이지 존슨, 그녀가 조용히 터벅터벅 걷다가 우두커니 바라보며 미풍이 스치는 이 일행에 그녀가 낄 때—쪼그리고 앉아 단장하는 새끼 다람쥐들, 분수에서 빵 부스러기 쪽으로 날개를 푸드덕거리는 참새들, 난간들에서 바쁘고 서로 열중하고 있는 개들과 함께하는 동안 부드럽고 따뜻한 공기가 그들 위로 밀려오고 그들이 삶을 받아들이는 굳고 놀람 없는 시선에 뭔가 괴팍하면서도 온화한 기미를 부여했는데—메이지 존슨은 말 그대로 "아!" 하고 소리쳐야 할 것 같은 느낌이 들었다. (왜냐하면 저기 의자에 앉아 있는 젊은 남자가 그녀를 잔뜩 놀라게 했기 때문이다. 무언가 심상치 않은 일이 벌어지고 있었고, 그녀는 그걸 알아차렸다.)

무서워! 무서워! 그녀는 이렇게 외치고 싶었을 것이다. (그녀는 자신의 사람들을 떠났다. 그들에게 무슨 일이 일어날 거라고 경고했었다.)

왜 집에 남지 않았지? 하고 그녀가 소리치며 철제 난간의 손잡이를 돌렸다.

이 처녀는, 하고 뎀스터 부인(그녀는 종종 리젠트 파크의 간이식당에서 점심을 먹으며 다람쥐들을 위해 빵 껍질을 남겼다)이 생각했다. 아직 아무것도 몰라. 그녀가 좀 다부지고 좀 둔하고 기대치도 좀 적으면 정말로 더 좋을 것 같았다. 퍼시는 술을 마셨다. 아들이 있는 것이 멋지고 더 나아, 하고 뎀스터 부인은 생각했다. 그녀는 어려운 시절을 보내서 이런 처녀를 보면 비웃을 따름이었다. 넌 충분히 예쁘니까 결혼할 거야, 하고 뎀스터 부인이 생각했다. 결혼해라. 그러면 알게 될 거야. 아, 밥상이나 차리는 부엌데기 같은 것은 되겠네. 남편마다 각기 특이한 점이 있지. 하지만 내가 그것을 미리 알 수 있었다면 똑같이 결정했을까, 하고 뎀스터 부인은 생각하며, 메이지 존슨에게 뭔가를 너무도 속삭여주고 싶었다. 자신의 수척해진 늙은 얼굴의 주름진

처진 살에 연민의 입맞춤을 느끼고 싶었다. 고달픈 삶이었으니까, 하고 뎀스터 부인은 생각했다. 그녀가 내어주지 않은 게 뭔가? 장밋빛 고운 혈색, 외모, 그리고 발까지(그녀는 치마 속에 있는 마디 모양의 종기를 힘껏 잡아당겼다).

장밋빛 안색, 하고 그녀는 씁쓸하게 생각했다. 이봐, 전부 허섭스레기야. 정말로 먹고 마시고 짝짓는 것에 관한 한 좋은 날도 있고 나쁜 날도 있으니까. 그래서 인생은 순전히 장밋빛만은 아니지만, 더 중요한 것은 자신에게 이렇게 말하는 거야. '나 캐리 뎀스터는 켄티시 타운Kentish Town에 사는 그 어떤 여자하고도 운명을 바꾸고 싶은 마음이 조금도 없었다'라고. 하지만 그녀는 연민을 간청했다. 잃어버린 장밋빛 안색 때문에 연민을. 그녀는 히아신스 화단 곁에 서 있는 메이지 존슨에게 연민을 구했다.

***

그는 눈을 뜨기만 하면 되었다. 그러나 눈에는 뭔가 무거운 것이 실려 있었다. 두려움이었다. 그는 그것을 밀어내고 누르고서 보았다. 리젠트 파크가 앞에 보였다. 길게 내리비치는 햇빛이 발을 간지럽혔다. 나무들이 손짓하며 몸을 흔들었다. 환영합니다 하고 세상이 말하는 것 같았다. 우리는 받아들이고 창조한다. 아름다움을, 하고 세상이 말하는 것 같았다. 그리고 그것을 (과학적으로) 증명하기 위한 것처럼, 그가 집들과 난간들, 그리고 울타리 너머로 목을 뻗는 영양들을 쳐다보는 곳에서는 언제나 그 순간에 아름다움이 분출되었다. 바람의 살랑거림에 떠는 잎을 알아챘다는 것은 절묘한 기쁨이었다. 하늘 위에서는 제비들이 급강하하다가 진로를 바꾸어 사방팔방으로 몸을 던지지만, 마치 고무줄에 고정된 것처럼 늘 완벽한 통제 속에 있었다. 그리고 파리들이 날아오르다가 내려갔다. 태양은 기분이 들떠서 때로는 이 잎에, 또 때로는 저 잎에 얼룩무늬를 찍고, 순수한 열망의 부드러운 금빛으로 그들을 눈부시게 했다. 이따금 어떤 소리(자동차의 경적일 수 있을 것이다)가 풀줄기에서 성스럽게 울렸다. 있는 그대로 일상적인 것들로 만들어져, 있는 그대로 편안하고 합당한 그 모든 것은 이제 진리였다. 이제 진리인 아름다움, 아름다움은 어디에나 있었다.

『댈러웨이 부인』에서 발췌

마침내 모든 신경이 잔뜩 긴장되고 모든 감각이 부산스럽게 흥분했을 때 그는 리젠트 파크에 도착했다. 그리고 몇 년간 떠났다가 돌아온 것 같은 그곳에서 다시 풀과 꽃과 나무를 알아보자 들판에서 들리던 옛 사냥꾼의 외침이 귓가에 쟁쟁했다.* 그래서 그는 집에서 들판을 달렸던 것처럼 갑자기 내달리기 시작했다. 그런데 이번에는 뭔가 무거운 것이 그의 목을 잡아당기더니 허벅지에 다시 던져져서 발이 무거워졌다. 그렇게 한

194

것은 실로 나무와 풀들이 아니었을까? 하고 그가 물었
다. 그것들은 참으로 자유의 신호가 아니었을까? 미트
포드 양이 산책에 나설 때마다 그가 매번 그렇게 뛰어
가지 않았던가? 왜 여기서는 잡힌 죄수처럼 있는 거
지? 그가 멈춰 섰다. 여기는, 하고 그가 단언했다. 집보
다 꽃들이 훨씬 더 빽빽하게 무리 지어 모이고 있어.
꽃들은 작은 땅뙈기에 하나씩 나란히 뻣뻣하게 서 있
었다. 딱딱한 검은 길들이 그 땅뙈기들을 가로질렀다.
반들거리는 중산모를 쓴 남자들이 불길하게 그 길들을
행진하듯 오르내렸다. 그들의 모습이 보이자 그는 덜덜
떨며 휠체어에 더 바싹 붙었다. 목줄의 보호를 고맙게
받아들였다. 그리하여 그런 산책을 여러 번 하기 전에
벌써 그의 뇌리에는 새로운 생각이 떠올랐다. 그는 하

———

* 해당 소설 「플러시」의 주인공 플러시는 등장인물 배럿의
  스패니얼 종 반려견이다.

나씩 차례로 짜맞추면서 한 가지 결론에 도달했다. 화단들이 있는 곳에는 포장된 길들도 있다. 화단들과 포장된 길들이 있는 곳에는 반들거리는 중산모를 쓴 남자들도 있다. 화단들이 있고 포장된 길들과 반들거리는 중절모를 쓴 남자들이 있는 곳에서는 개들의 목에 줄을 매고 다녀야 한다. 공원 입구의 안내 표지판에 적힌 글을 한 글자도 읽을 수 없었지만, 그는 교훈을 얻었다. 리젠트 파크에서는 개들의 목에 줄을 매고 다녀야 한다.

***

며칠 뒤에 일어난 또 다른 사건으로, 예전에 서로 그토록 가까웠던 그들이 이제 얼마나 멀어졌는지, 그러니까 이제는 플러시가 배럿 양에게 공감 어린 이해를 얼마나 기대할 수 없는지 드러났다. 어느 날 오후 브라우닝 씨가 가고 난 후 배럿 양은 여동생과 함께 리젠트 파크에 가기로 했다. 공원 입구에서 내릴 때 플러시의 발이 사륜마차의 문에 끼었다. 그는 '딱하게 비명을 지르며' 배럿 양에게 동정심을 기대하면서 발을 내밀었다. 다른 때 같았으면 배럿 양은 그보다 대수롭지 않은 일에도 아낌없이 연민 어린 말을 퍼부었을 것이다. 그러나 이제는 눈에 소원한 표정, 비웃는 표정, 평가하는 듯한 표정이 나타났다. 그녀는 플러시를 비웃었다. 그가 요란을 떨고 있다고 생각했다. "……풀밭에 닿자마자 그는 뛰기 시작하더니 그 사실도 더 이상 생각하지 않았다."라고 그녀가 적었다. 그러고는 비꼬는 투로 논평했다. "플러시는 늘 자신의 신세를 과장하며 법석을 떤다. 그는 바이런 같은 부류에 속한다. 희생양인 척하는 것이다(il se pose en victime)." 그런데 여기에서 배럿 양은 자기감정에 사로잡혀 그러는 것처럼 그를 완전히 잘못 판단했다. 설령 발이 부러졌더라도 플러시는 껑충껑충 뛰어갔을 것이다. 이 번개 같은 움직임은 그녀의 조롱에 대한 그의 응답이었다. 당신과는 끝났어.

그것은 그가 뛰어가면서 그녀에게 전하고자 하는 말의 의미였다. 꽃들의 향기가 그에게는 쓰디쓰게 느껴졌다. 풀밭이 그의 발아래에서 화끈거렸다. 먼지는 콧구멍을 환멸로 가득 채웠다. 그러나 그는 쏜살같이 달려갔다. 그는 계속해서 미친 듯이 날뛰었다. "개들의 목에 줄을 매고 다녀야 한다." 여느 때처럼 안내 표지판이 있었다. 중산모에 곤봉을 들고서 자신을 돋보이게 하는 공원 관리인들이 있었다. 그런데 "줄을 매고 다녀야 한다."라는 이 말은 그에게는 더 이상 의미가 없었다. 사랑의 줄이 끊어졌다. 그는 가고 싶은 곳이 있으면 그곳으로 달려가고, 자고새들을 사냥하고 스패니얼을 쫓아 버리고 달리아 화단 한가운데로 쾅 하고 사정없이 돌진하여 활짝 핀 붉고 노란 장미들을 꺾을 것이다. 공원 관리인들이 곤봉을 던질 테면 던지라지. 그것으로 그의 머리를 박살 낼 테면 박살 내라지. 그가 죽어서 배를 찢어 젖힌 채 배럿 양의 발치에 나동그라지라면 그러라지. 그것이 그와 무슨 상관인가. 그러나 당연히 그런

일은 일어나지 않았다. 아무도 그를 뒤쫓지 않았고, 아무도 그를 주목하지 않았다. 유일한 공원 관리인이 어떤 보모와 말하고 있었다. 결국 그는 배럿 양에게 돌아갔고, 그녀는 멀뚱히 그의 목에 목줄을 끼우고는 집으로 데리고 갔다.

『플러시』에서 발췌

# 리치먼드 파크 Richmond Park

우리는 오늘 오후에 리치먼드 파크에 갔다. 나무들은 완전히 새까맣고, 하늘은 런던 위에 무겁게 걸려 있다. 하지만 빛깔이 충분해서, 오늘은 공원이 햇빛이 내리비치는 날들보다 더 아름다워 보이기까지 하는 것 같다. 사슴들은 고사리 덤불에 딱 어울린다.

일기, 1915년 1월 19일

우리는 수년 만에 처음으로 런던에서 부활절을 보내고 있다. 원래는 어딘가로 떠나려고 했는데 모든 준비를 5분 안에 다시 취소했다. 역대 최악의 여행이 될 뻔한 것을 피하고, L이 열흘을 연이어 쉴 수 있도록 하기 위해서였다. 그렇게 쉴 수 있는 것은 주말에나 가능했다. 나는 고백하건대, 비 내리는 부활절을 약간 기대했지만 실망했다. 금요일도 토요일도 진짜로 여름 같다는 느낌을 주었다. 우리는 성 금요일에 강가를 산책하며 공원을 지나갔고, 햇빛 때문에 사람들은 곤혹스러울 정도로 땀을 흘렸다. 그들은 재킷과 치마와 중산모 차림으로, 때때로 입마개를 한 테리어까지 개의 목에 줄을 맨 채 평화롭게 쿵쿵 걸어갔다. 그 사이에 연두색 잎이 껍질을 뚫고 적어도 2센티미터 나왔고, 오늘은 창문 앞의 나무에 완벽한 모양의 작은 잎 몇이 달렸다. 그리고 뒤쪽 정원의 나무는 초록색인데, 9월이 될 때까지 그럴 것이다.

일기, 1919년 4월 20일


엄밀히 말하면 오늘은 뜨거운 여름날이 아니라 아름다운 봄날이다. 그래서 L과 나는 그 봄날이 그냥 지나가게 두었고, 오후에는 공원에 갔다. 그러나 리치먼드는 토요일에 날씨가 좋으면 꽃이 활짝 핀 레몬 나무와 같다. 꽃에 앉아 있는 곤충이 된 기분이다. 사방에서 곤충이 우글거리고 웅웅거리고 종알거린다. 우리는 그 지역에 살고 있기에 물론 함께하지는 않는다. 〔…〕 나는 원래 우리가 풀밭의 삼나무 위쪽에 앉아 노루를 관찰한 것을 말하려 했다. 내가 햇빛을 받은 양산의 반투

명한 아름다움을 어떻게 알아차렸는지 말하려 했다. 다
채로운 옷들이 빛나는 것처럼 보이게 하는 지금의 공
기가 특별히 부드럽다는 것도.

일기, 1920년 5월 15일


강가를 따라 산책을 하고 리치먼드 파크를 가로질러
걷는 것은 활력을 불어넣는 데 큰 도움이 되었다.

일기, 1936년 3월 16일

# 햄프턴 코트 Hampton Court

런던 사람들 대부분은 이탈리아—튀르키예나 그리스—를 여행했고, 주말에는 거의 파리나 스코틀랜드로 간다. 하지만 내 경험상 런던 근교는 미지의 영역으로 남아 있다. 그곳은 아프리카의 특정한 지역들처럼 지도에 흰색으로 표시되어 있을 수 있다. 냉정한 진실인데, 나는 평생을 런던에서 보냈지만 햄프턴 코트를 둘러본 것은 딱 한 번뿐이다. 내게는 큐, 리치먼드, 햄스테드 등이 조금 더 친숙하다. 여러 가지 이유로 런던 근교보다는 거의 다른 곳으로 가는 게 더 수월하다. 그것은 당일치기 소풍이어야 한다. 나는 일찍이 큐나 햄프턴 코트에서 숙박했다고 하는 사람을 알지 못한다. 이곳들은 원래 기차 두 편 사이 짧은 틈에 잠깐 들르는 장소일 뿐이다. 마음대로 할 수 있는 것은 여름날 오후뿐이다. 사람들은 이 장소들을 원래 좀 더 잘 안다고 생각하기에, 거의 12년마다 큐 가든의 오렌지 온실을 산책하면서 무척 놀라거나 발길을 돌려 햄프턴 코트의 미로를 지나간다. 나는 거듭 놀란다. 이곳에 다시 있게 될 때 기분 좋게 놀란다. 그럼에도 나는 몇 년을 그냥 흘려보내며, 다시 그곳으로 가기 전에 영국을 구석구석 다닌다. 그 여름날 오후는 결코 오지 않는다. 아니면 사람들은 그저 자기 집 문 앞에 있는 정원에서 그 오후를 보낸다. 그게 내 관심을 끄는 것은 우리가 오늘 실제로 해보았기 때문이다. 우리가 햄프턴 코트에 갔었던 것이다. 사실 우리는 그 여정을 1년 동안 계획했다. 그리고 우리가 또다시 계획을 세우기까지는 아마 12년이 걸릴 것이다. 하지만 나는 오늘 글로 쓰고 있는 것을 다 직접 경험해서 알고 있다. 내가 가진 정보들은 여행 안내서나 여행 이야기 들을 통해서가 얻은 게 아니다. 내가 묘사하는 모든 것은 직접 눈으로 본 것이다. 〔…〕

우리는 12시 반에 마침내 목적지에 도착했다. 잠시 후에는 궁전 정원의 넓은 테라스를 가로질러 산책했다. 내 기억으로는 10년 전 한 번의 방문에서는 이 오래된 공원의 크기와 아름다움에 대한 어떤 제대로 된 장면도 남아 있지 않다. 나는 오래된 검붉은 궁전의 화려함마저도 잊었다. 처음에는 그냥 천천히 테라스를 왔다 갔다 하면서 시선을 우선 화려한 꽃들이 반짝이는 부드러운 잔디에 돌리고 나서 궁전의 아주 기묘한 형태를 보고 싶었다. 하지만 날이 추웠고 우리는 배가 고팠는데, 좀 놀랍게도 런던 사람들의 절반은 우리와 같은 날 같은 시간에 햄프턴 코트를 방문하겠다는 똑같은 생각을 한 것으로 보였다. 내 느낌으로는 원래 수놓은 비단옷 차림의 숙녀들과 반바지를 입고 칼을 찬 신사들로 붐비는 게 마땅한 테라스와 잔디밭에는, 완전히 다른 부류의 사람들이 북적댔다. 그들은 아마도 찰스 2세(1630~1695, 잉글랜드와 아일랜드 및 스코틀랜드의 군주 – 옮긴이) 시대에 살았던 조상들보다 더 도덕적이겠지만, 응분의 대가로서 훨씬 덜 장식적이다. 나는 도덕적 진보를 유감스러워하지 않을 수 없었다. 내가 거듭 바라는 것은, 우리 사회 전체가 그렇듯이 내가 이 정원을 나 혼자만을 위해 가질 수 있었으면 하는 것이다. 정원들은 고요와 즐거운 사색을 염두에 둔 공간이니까. 〔…〕

205

우리는 이곳에서 할 일을 다 한 후 다시 한번 정원들을 산책하며 한 시간 정도를 보냈고, 마지막에는 아래쪽 호숫가에 누워 의례적인 낚시꾼 둘을 바라보았다. 이런 류의 장면에서 그들은 해시계처럼 꼭 있어야 하는 필수적인 존재이다. 물고기는 전혀 잡히지 않고, 낚시꾼은 황금 시간 내내 공상에 잠겨 있다. 햇살을 기록하는 일처럼, 그것은 지금보다 덜 기계화되고 더 양지바른 시대에 속하는 일이다.

　　그러나 우리는 이미 우리의 시대를 넘어섰다. 이렇게 멀리 떨어진 곳에서—거의 다른 시대에서 의무에 얽매여 있다는 것이 우스꽝스러워 보였지만, 우리는 이미 전에 런던에서 차 마시러 다시 오겠다고 약속했었다. 이제 그것은 불가능했다. 우리가 느긋하게 돌아간다면 저녁 식사 때에 맞춰 도착할 수 있었다. 우리와 같이 여행한 사람 대부분은 햄프턴 코트에 대한 관심이 고갈되었다. 그들은 열정적으로 즐긴 소풍을 이미 마치고 이제 다시 집으로 돌아가기에 급급했다. 우리가 점점 더 어두워지는 정원을 가로지를 때는 거의 우리밖에 없었다. 하지만 어둠 속에서 테라스를 왔다 갔다 하는 품위 있는 형체 한둘을 볼 수 있었다. 그 형체들을 알아보지 못할 수는 없었다. 그들은 그 장소 전체를 시끄러운 소리와 찡그린 표정으로 망쳐놓는 런던 토박이 행락객이 아니었다. 아니, 이 숙녀들은 이 궁의 일부이다. 그들은 이 궁에 어울린다. 내가 생각하기에 정신없이 분주한 도시에서는 집 같은 곳을 찾지 못하는 재능 있는 귀족층이 이곳으로 물러나, 전통과 유서 깊은 영광으로 가득한 이 오래된 궁전에서 말년을 보내는 것이 지극히 적절하다. 그 영광은, 내 생각에 전성기보다도 오히려 노년에 더욱 아름답게 빛난다. 대단한 명성과 굽은 등을 지닌 이 나이 많은 귀부인들은 이 장소의 진정한 정신으로 내 기억에 남아 있는데, 어둠 속에서 오래된 회랑을 거닐다가 우리를 만나 깜짝 놀랐다. 왕실 양로원에서처럼 여기에서도 그들의 시대는 순식간에 지나간다. 은퇴 생활을 템스강가의 이 궁에서보다 더 평온하거나 품위 있게 할 수 있는 곳은 없다.

일기, 1903년 7월 5일, 「버지니아 울프와의 여행」에서 발췌

우리는 햄프턴 코트로 갔다. 내 생각에는 우리가 그
곳에서 스케이트를 탄 이후 처음이었던 것 같다. 우리
는 부쉬 파크Bushey Park를 통과했고, 말 한 떼가 그 기회
를 틈타 한쪽에서 다른 쪽으로 냅다 달려갔다. 황금 조
각상이 얼음에 둘러싸였고, 얼음 위에는 물이 2센티미
터 정도 있었다. 나는 우산으로 찔러보았다. 햄프턴 코
트에 있는 화단들은 노란색과 장밋빛의 앵초를 제외하
면 동일하게 갈색인 것 같다. 〔…〕 우리는 나무 아래의
담장을 따라 강으로 가서 어느 반원형의 빈 나무 의자
에 앉았다. 날은 추웠지만 바람이 잔잔했다.

일기, 1918년 1월 5일

햄스테드 대신 햄프턴 코트로 결정이 내려졌다. 어린
시절 카산드라는 햄스테드의 산적들에 대해 꿈꾸었지

만, 이제 그녀의 모든 애정은 영원히 윌리엄 3세에게 향해 있었기 때문이다. 그래서 그들은 화창한 일요일 점심시간에 햄프턴 코트에 도착했다. 이 붉은 벽돌 궁전을 향한 그들의 감탄은 한목소리로 이견이 없었다. 단지 이 궁전이 세상에서 가장 위엄 있는 곳이라고 서로에게 확인시키려고 이곳에 온 것처럼. 그들은 넷이서 나란히 테라스를 오르내리면서, 이 모든 것이 자기들 것이라고 상상했고, 그런 주인들이라면 세상이 틀림없이 얼마나 더 잘 될지를 따져보았다. 〔…〕

　신선한 봄 공기, 푸른색이 벌써 첫 온기를 풍기는 쾌청한 하늘은 자연이 선택받은 사람들의 입장을 인정해주는 응답 같은 느낌을 주었다. 그 선택된 자들은 말없이 햇볕을 쬐고 있는 노루 떼 가운데서도 볼 수 있고, 냇물 한가운데 미동도 없이 머물러 있는 물고기들 가운데서도 볼 수 있었다. 그들 모두 말로 하는 어떤 설명도 필요가 없는 친절하고 자비로운 상태를 말없이 함께했기 때문이다. 카산드라에게 떠오르는 어떤 말도

이 정적을, 이 청명한 맑음을, 그 일요일 오후 그들 넷이서 나란히 따라 거닐던 잔디가 깔린 산책로와 자갈길의 잘 가꾸어진 아름다움 위에 깃든 기대감을 표현할 수 없었다. 나무들은 밝은 햇살을 받아 소리 없이 그림자를 드리웠다. 정적이 그녀의 마음을 감쌌다. 반쯤 핀 꽃에 떨면서 앉아 있는 나비, 햇볕 속에서 여전히 풀을 뜯고 있는 야생동물. 그녀는 이런 형상들을 포착하고, 행복에 자신을 열어두고 황홀경에 몸을 떠는 자기 존재를 꼭 닮은 모습으로 인식했다.

『밤과 낮』에서 발췌


크로커스(이 반짝반짝 빛나는 식물은 그녀의 좋아하는 꽃이었다)가 가장 인상적이었던 그 주에 그녀가 때때로 힘을 잘 관리하여 햄프턴 코트로 소풍을 나갔다면, 그것은 승리와 같았다. 그것은 오래 지속되는 것, 영원히 중요한 것이었다. 그녀는 잊을 수 없는 날들이 연속되는 줄에 그날 오후를 꿰었다. 그런데 그 줄은 그다지 길지 않아서 그녀는 이날 오후인지 저 날 오후인지, 이 경치인지 저 도시인지 또렷이 기억해낼 수 있었다. 그 오후를 만져보고 느끼고, 그 오후를 독특하게 해준 것을 한숨을 쉬며 만끽하는 것도.

"지난 금요일은 날이 너무 좋아서" 하고 그녀가 말했다. "난 거기로 가기로 했어." 그래서 그녀는—햄프턴 코트를 둘러보는—큰 계획을 위해 혼자서 워털루역으로 출발했다.

「존재의 순간들: 슬레이터네 핀은 끝이 무뎌」에서 발췌

## 햄스테드 히스 Hampstead Heath

부활절 아침에 우리는 머리 부부를 방문하고 햄스테드 히스를 구경하러 갔다. 우리는 가까이 모여든 인파가 혐오스럽다는 결론에 이르렀다. 그들은 냄새가 지독하다. 그들은 달라붙는다. 그들은 생기도 혈색도 없다. 인간의 생명 형태가 거의 없는 그저 시끄러운 살덩이이다. 그들은 얼마나 천천히 가는가! 그들은 얼마나 수동적이고 동물처럼 풀밭에 누워 있는가! 그들 안에는 기쁨이나 고통이 얼마나 적은가! 하지만 그들은 옷을 잘 차려입었고 영양 상태도 좋아 보였다. 좀 멀리서 보니, 카나리아 새처럼 노란 그네와 회전목마 사이에서 그들은 그림 같다는 느낌을 주었다. 어느 여름날이었다. 적어도 햇빛에 잠긴 날이었다. 우리는 어느 언덕에 앉아서 인간들과는 멀리 떨어져 있는 작은 개울들을 바라볼 수 있었다. 사람들은 놀이 시설 주위를 빙빙 돌다가 일렬종대로 황무지를 가로질러 이동하고는 얼룩점들처럼 언덕들 위로 흩어졌다. 그들은 그다지 떠들지 않는다. 계속 우리 위를 날아다니는 커다란 비행기가 우리 모두가 내는 소리보다 더 시끄러웠다. 나는 왜 '우리'라고 말하는 걸까? 단 한순간도 '그들' 중 한 명이라고 느낀 적이 없다. 그런데 그 광경은 마법을 지녔다. 나는 돼지 방광으로 만든 풍선과 작은 막대사탕, 그리고 사려 깊은 두 느린 춤꾼의 모습이 마음에 들었다. 그들은 크기가 벽난로 앞에 까는 깔개 정도인 평지에서 손풍금 음악에 맞춰 춤을 추었다.

일기, 1919년 4월 24일

# IV

## 상상 속의 풍경, 무성하게 만개하는 유일한 곳

### 문학 작품에 묘사된 정원과 풍경

# 『출항』(1915)

점심시간까지는 아직 한 시간이 남아 있어서, 그녀는 한 손에는 기번Edward Gibbon(1737~1794, 영국의 역사가 - 옮긴이)의 책을 다른 손에는 발자크의 작품을 들고 정원문을 지나 비탈의 올리브 나무들 사이에 밟아 다져진 작은 진흙 길을 느릿느릿 걸어 내려왔다. 산을 올라가기에는 날이 너무 더웠지만 계곡 가장자리에는 나무들이 늘어서 있었고, 작은 풀밭 길이 갯바닥을 따라 이어졌다. 인구가 도시들에 집중된 이 나라에서 금세 문명의 흔적이 더 이상 보이지 않았고 기껏해야 이따금 여자들이 마당에서 비트를 닦아내고 있는 농가 하나를 지나가거나, 냄새가 심한 검은 염소 한 무리에 둘러싸인 채 비탈에 팔꿈치를 괴고 누워 있는 어린 소년 곁을 지나갈 수 있었다. 완전히 아래쪽 바닥에서 졸졸 흘러내리는 물을 제외하고는 하천은 물기 없는 노란색 돌들로 된 깊이 팬 도랑에 불과했다. 물가에는 나무들이 자라고 있었는데, 헬렌은 그 나무들을 보는 것만으로도 배를 타고 여행할 만하다고 말했었다. 4월이 나무들의 꽃망울을 틔웠다. 꽃망울들은 찬란한 녹색 잎들 사이에 밀랍 같은 두툼한 재질의 커다란 꽃을 달고 있었는데, 꽃들은 대단히 아름다운 크림색이나 장밋빛, 또는 짙은 다홍색으로 물들어 있었다. 그런데 합리적인 이유와 무관한 행복감들, 그러니까 대개 어떤 알 만한 이유도 없이 땅과 하늘을 온통 다 끌어안는 행복감들 중 하나에 잔뜩 들떠서 그녀는 보지도 않고 걸어갔다. 밤의 어둠이 낮 위로 포개지며 번져갔다. 전날 밤 그녀가 연주했던 곡조들이 그녀의 귀에 윙윙거렸다. 그녀는 노래를 불렀는데, 노래를 부르다 보니 걸음이 점점 빨라졌다. 그녀는 자신이 무엇을 따라서 가고 있는지 제대로 알지 못했다. 나무와 풍경은 단지 녹색과 푸른색으로 농축되는 덩어리로만 보였고, 그 사이로 간간히 다른 색의 하늘이 보일 뿐이었다. 〔…〕

비록 걸어가고 있는 길 위까지 자라지는 않았지만, 마치 가지들이 그녀의 얼굴을 쳐서 그 자리에 멈추게 한 듯 강력한 영향력으로 그녀를 멈추게 하지 않았더라면, 그녀는 더 이상 어찌할 바를 모를 때까지 그렇게 걸을 수 있었을 것이다. 그것은 평범한 나무였지만, 그녀에게는 세상에 단 한 그루 있는 나무였을 수 있을 정도로 기묘하게 보였다. 가운데 있는 줄기는 거무스름했다. 그리고 나뭇가지들은 간격을 두고 줄기에서 솟아나, 마치 나무가 바로 그 순간 땅에서 솟은 것처럼 선명해지는 빛의 들쭉날쭉한 틈새들을 드러냈다. 그 광경을 그녀는 일평생 잊지 못할 테고 그 광경은 그 순간을 장구하게 간직할 텐데, 나무는 그 광경을 보여준 후 늘어서 있는 평범한 나무들 속으로 다시 물러났다. 그리고 그녀는 그 나무 그늘에 앉아서 그 아래 자라는 가느다란 녹색 잎들이 달린 붉은 꽃들을 꺾을 수 있었다. 그녀는 꽃은 꽃대로 줄기는 줄기대로 나란히 옆에 놓고 그들이 홀로 서 있음을 애정 어린 마음으로 어루만졌다. 꽃들과 심지어 땅에 있는 조약돌들마저 독자적인 삶과 고유한 운명이 있었고, 이것들이 그들이 친구였던 어린아이 시절의 감정을 그녀에게 불러일으켰다. 올려다볼 때 그녀의 눈길은 휙 움직이는 채찍 끈처럼 하늘을 힘차게 스쳐 지나가는 산들의 실루엣에 사로잡혔다. 그녀는 희미한 먼 하늘을 올려다보고, 햇빛에 그대로 노출되는 산꼭대기의 헐벗은 높은 곳을 쳐다보았다. 앉을 때는 발밑 바닥에 책들을 떨어뜨리고서 내려다보았다. 책들이 풀밭에 각지어 놓여 있자 아래로 구부러지는 기다란 풀줄기 하나가 기번의 매끄러운 갈색 표지를 간질이는 반면 얼룩덜룩한 푸른색의 발자크는 무방비 상태로 햇빛을 받고 있었다.

\*\*\*

그녀는 꽃이 피는 목련을 배경으로 그를 바라보았다. 그 광경에는 뭔가 이상한 것이 있었다. 아마도 그것은 밀랍 같은 무거운 꽃들이 너무 매끄럽고 은은한 느낌을 주는 반면 그의 얼굴은—그가 모자를 내던지는 바람에 머리카락은 엉망이 되었고, 안경은 손에 들고 있어서 코 양쪽에 붉은 자국이 뚜렷하게 드러났다—근심어리고 숨김없는 것 같은 인상을 주었기 때문일 것이다. 아름다운 덤불이 제멋대로 널찍하게 뻗어 있었고, 그들이 식사하고 함께 이야기하는 내내 그녀는 그림자 얼룩들과 나뭇잎들의 형태를 알아차리고 화려한 흰 꽃들이 녹색 가운데 박혀 있는 모습을 주시하고 있었다. 그녀가 그 모든 것을 단지 반 의식적으로 지각했지만, 그럼에도 이런 방식이 그들 대화의 일부가 되었다. 그녀는 수놓는 것을 옆으로 치우고 정원을 이리저리 걸어 다니기 시작했으며, 허스트도 마찬가지로 일어서서 그녀 곁에서 성큼성큼 걸어갔다. 그는 꽤나 초조했다. 심기가 잔뜩 언짢았고 무척 심사숙고했다. 그들 중 아무도 말하지 않았다.

해가 지기 시작하면서 산들의 모습에 변화가 생겼다. 마치 산들이 세속적인 본질을 빼앗기고 단지 짙은 푸른 안개로만 이루어져 있는 것 같았다. 가장자리가 타조의 깃털처럼 곱슬곱슬해지고 플라밍고의 분홍색으로 물든 길쭉하고 좁다란 구름들은 높이가 다르게 하늘에 걸쳐 뻗어 있었다. 도시의 지붕들은 여느 때보다 낮게 내려앉은 것처럼 보였다. 사이프러스들은 지붕들 사이에서 몹시 검게 보였는데, 지붕들 자체는 갈색과 흰색이었다. 저녁이면 으레 그렇듯이, 아래쪽에서 간혹 들리는 산발적인 외침들과 산발적인 종소리들을 들을 수 있었다.

***

오후는 무척 더웠다. 너무 더워서 물가에서 부서지는 물결이 어떤 지친 동물이 내는 반복적인 한숨 소리처럼 들렸고, 차일 아래 테라스에서조차 벽돌들이 뜨거웠으며, 짧은 마른 풀 위에서 대기가 끊임없이 흔들렸다. 돌 수반의 붉은 꽃들은 열기로 고개를 떨궜고, 몇 주 전만 해도 무척 매끄럽고 힘찼던 흰 꽃들은 이제 말라서 그 가장자리가 누렇게 되어 돌돌 말렸다. 살집이 있

는 잎들이 가시에서 자라나는 것처럼 보이는 뻣뻣하고
적의가 느껴지는 남쪽 식물들만이 여전히 꼿꼿이 서서,
전부 다 쓰러뜨리는 태양에 맞섰다. 너무 뜨거워서 애
기를 나눌 수 없었고, 태양의 힘을 감당할 만한 그 어
떤 책을 찾기는 쉽지 않았다.

# 『밤과 낮』(1919)

　어쨌든 그 집은 목사가 적잖이 자랑스러워하는 정원으로 둘러싸여 있었다. 응접실 창들 앞의 잔디밭은 데이지 한 송이조차 보이지 않는 단일한 진한 녹색으로 넘쳐났다. 그리고 그 건너편에는 곧게 난 두 개의 오솔길이 가장자리에 높이 자란 꼿꼿한 꽃들을 지나 하나의 매력적인 풀밭 길로 이어졌는데, 윈덤 대칫 목사는 그곳을 매일 아침 같은 시간에 왔다 갔다 하면서 해시계로 시간을 쟀다. 그는 자주 책을 손에 들고 잠깐 들여다보고는 덮고 나서 송시의 나머지 부분을 암송해보았다. 호라티우스(BC65~BC8, 로마의 시인 – 옮긴이)의 시 대부분을 속속들이 외웠고, 이 특별한 산책로를 거의 의무적으로 되풀이해서 읊는 특정한 송시들과 연결시키는 습관이 생겼다. 그러면서 동시에 꽃들을 꼼꼼히 살피고, 때때로 몸을 굽혀 시들거나 색이 바랜 꽃을 꺾었다.

\*\*\*

어스름이 물체를 거의 가리고 목소리들이 낮에는 좀처럼 들리지 않는 친숙한 어조로 아무것도 없는 데서 불쑥 파고드는 것 같을 때가 있는데, 그런 겨울 저녁만큼 목소리들이 아름다울 때는 없다. 그에게 인사를 건네는 메리의 목소리에는 이렇게 파고드는 강렬한 뭔가가 있었다. 겨울 산울타리의 안개와 나무딸기 잎들의 환한 빨간색이 그녀를 둘러싸고 있는 것 같았다. 그는 곧 완전히 다른 세계의 단단한 땅에 발을 들여놓은 듯한 느낌이 들었지만, 즉시 그 즐거움에 빠져드는 건 내키지 않았다. 그들은 그에게 에드워드와 함께 집으로 가든지, 아니면 메리와 함께 들판을 걸어가든지 택하게 했다. 지름길은 아니라고 그들이 설명했지만, 메리가 생각한 것처럼 더 아름다운 길이었다. 그는 그녀가 있으면 자기의 기분이 좋다는 것을 분명히 알고 있기에 그녀와 함께 걷겠다고 결정했다. 그녀가 쾌활한 이유가

뭘까, 하고 그는 반은 빈정대고 반은 시샘하는 심정으로 생각해보았다. 그때 작은 마차가 힘차게 갑자기 출발했고, 땅거미가 그녀의 눈과 에드워드의 커다란 형체 사이에서 어렴풋이 보였다. 에드워드는 한 손에는 고삐를, 다른 손에는 채찍을 들고 마차에서 몸을 꼿꼿이 폈다. 장터에 있었던 마을 사람들은 자신들의 마차에 올라타거나 삼삼오오 떼를 지어 길을 따라 집으로 돌아갔다. 메리는 많은 사람으로부터 인사를 받고, 답례로 일일이 이름을 부르며 인사했다. 그런데 곧 그녀는 울타리에 낸 디딤대를 넘어, 주변의 옅은 녹색보다 색이 좀 더 짙어진 오솔길을 앞장서서 걸어갔다. 그들 앞쪽의 하늘은 이제 뒤에서 등불이 타오르는 투명한 보석 조각처럼 적황색이 되었는데, 가지들의 윤곽이 뚜렷한 줄지어 선 검은 나무들이 한쪽 방향으로는 땅이 툭 솟아오른 언덕에 가려져 약해진 빛을 배경으로 두드러져 보이는 반면 다른 쪽 방향 어디에서든 땅은 지평선까지 평평하게 펼쳐져 있었다. 겨울밤의 조용하고 날쌘

새들 중 한 마리가 그들을 따라 들판 위를 날더니, 자꾸 그들 몇 발 앞에서 선회하면서 사라졌다가 다시 돌아오는 것 같았다.

메리는 평생 이 길을 수백 번이나 대개는 혼자 걸어 다녔고, 여러 곳에서 일련의 생각들과 또 전부 연속되는 장면들과 함께 떠오르는 과거의 기분에 대한 기억에 휩싸였다. 길을 걷는 동안 특정 지점을 지날 때마다, 나무 세 그루를 어떤 특별한 각도에서 바라보거나 도랑에 있는 꿩의 꿩꿩거리는 소리가 날 때 그랬다. 그런데 오늘 저녁의 상황은 다른 모든 장면을 밀어낼 정도로 특별한 의미가 있었다. 그래서 그녀는 들판과 나무들을 자기도 모르게 강렬한 눈빛으로 바라보았다. 마치 그런 연상들이 그녀를 결코 깨우지 못한 것처럼.

\*\*\*

2월 중순이면 자주 나타나는 봄의 첫 징후들은 숲과

정원의 보호된 구석들에 흰색과 보라색의 작은 꽃들을 피울 뿐만 아니라, 인간 남녀의 마음속에 달콤한 향기를 풍기는 연한 색깔의 꽃들에 견줄 수 있는 생각과 욕망도 낳는다. 세월이 흐르면서 인간들의 삶이 굳어져 생기는 딱딱하고 꺼칠꺼칠한 표면은 이 계절이 되면 부드럽고 유동적으로 변하면서 현재의 형태들과 색깔들뿐만 아니라 과거의 형태들과 색깔들도 반영한다. 힐버리 부인의 경우, 이 이른 봄날들은 주로 혼란을 일으켰다. 과거로 말하자면 그녀의 감정적 활력은 별다른 손실을 겪은 적이 없었다. 그런데 봄이면 언제나 그것을 표현하고자 하는 욕구가 더 강해졌다. 문장들이 계속 그녀의 머릿속을 맴돌았다. 그녀는 감각적인 즐거움을 느끼며 단어들의 조합에 빠져들었다.

# 『제이콥의 방』 (1922)

　일요일에―만찬 모임과 다과회에―초대를 받을 때마다 그는 똑같은 충격―역겨움―불쾌감―그러고는 즐거움을 겪는다. 왜냐하면 그가 강가를 따라 내딛는 걸음마다 이런 확신이 들기 때문이다. 즉, 머리를 숙이는 나무들, 푸른 하늘에 부드럽게 솟아 있는 회색의 교회 종탑들, 허공을 떠다니는 것처럼 보이는 흩날려진 목소리들, 생기 넘치는 5월의 공기, 입자들―밤꽃, 꽃가루, 5월의 공기에 힘을 실어주어 나무들을 아른거리게 하고, 싹을 윤기로 봉인하며, 연둣빛을 이곳저곳에 뿌리는 것 무엇이든―이 떠다니는 탄력 있는 대기 사방에서 그렇게 확인되기 때문이다. 그리고 강물도 흘러 지나간다. 넘쳐나지 않고 빠르지 않게, 하지만 물에 잠긴 채 하얀 물방울들을 뚝뚝 떨어뜨리는 노를 탁탁 치며, 마치 강물이 헤프게 어루만지는 것처럼 구부러진 골풀들 위로 푸르고 깊게 미끄러지면서.

　그들이 보트를 매어둔 곳에서는 나무들이 물속으로 쏟아져 내려서 나무 꼭대기의 잎들이 잔잔한 물결에 흔들렸고, 물속에 들어간 잎들로 만들어진 녹색의 쐐기 모양은 실제 잎들이 위치를 바꿀 때마다 잎들의 너비 만큼 위치가 바뀌었다. 이제 강한 바람이 훅 밀려들었 고, 곧바로 하늘 한 귀퉁이가 드러났다. 듀란트가 체리 를 먹을 때 잎들로 만들어진 녹색의 쐐기 모양을 통해 덜 자란 노란 체리를 떨어뜨리면 줄기들이 들락날락 소용돌이치며 반짝거렸고, 때로는 한입 베어 먹은 체리 가 푸른 물속에 빨갛게 가라앉았다. 제이콥이 드러눕자 풀밭이 그의 눈높이에 있었다. 미나리아재비들로 인해 금빛으로 빛났지만, 풀은 묘비석을 넘을 듯 말 듯한 묘 지의 잔디에 있는 묽고 푸른 물처럼 물결치지 않고 싱 싱하고 두툼하게 자리를 잡고 있었다. 뒤쪽으로 고개를 들어 올렸을 때 제이콥은 풀밭 깊은 곳에서 아이들의 다리와 암소의 다리 들을 보았다. 우적우적 먹는 소리 가 났다. 그다음에는 풀밭을 가로지르는 보폭이 좁은 발소리, 그러고는 다시 우적, 우적, 우적 풀을 뿌리까지 뜯어 먹는 소리가 들렸다. 그의 앞에서는 하얀 나비 두 마리가 느릅나무 주위를 점점 더 높이 맴돌았다.

***

　까마귀들이 내려앉았다. 까마귀들이 날아올랐다. 까마귀들이 기분에 따라 찾아드는 나무들은 까마귀 떼를 다 받아들일 수 없는 것처럼 보였다. 우듬지들이 나무들 속에 부는 산들바람에 노래했다. 나뭇가지들이 소리가 들릴 정도로 삐걱거리더니, 계절이 한여름인데도 때때로 꼬투리들이나 잔가지들을 떨어뜨렸다. 까마귀들은 날아올랐다가 다시 내려앉았고, 그때마다 더 적은 수로 무리를 지어 올라갔다. 더 영리한 새들이 잠자리를 마련하고 있어서였다. 저녁이 이미 꽤 저물어서 숲 안의 대기가 거의 어두워질 정도였기 때문이다. 이끼는 부드러웠다. 나무둥치는 유령 같았다. 그 뒤로는 은빛 초원이 자리하고 있었다. 팜파스그라스가 초원 끝에 있는 방석 같은 녹색 둔덕에서 깃털 같은 풀잎의 날을 치

켜들고 있었다. 물이 있는 좁고 긴 지대가 가물가물 빛
났다. 박각시나방이 벌써 꽃들 위를 윙윙거리며 날고
있었다. 오렌지색과 보라색, 한련과 바늘꽃이 땅거미에
휩쓸려 갔지만, 커다란 박각시나방이 위에서 윙윙거리
는 담배꽃과 시계꽃은 도자기처럼 하얬다. 나무 우듬지
들에 까마귀들이 날개를 퍼덕이며 내려앉아 잠을 이룰
때, 멀리서 친숙한 소리가 떨리고 흔들리고―더 커지
고―귀를 울릴 정도로 요란하게―그 소리에 까마귀들
의 졸린 날개가 흠칫하며 다시 허공에 퍼덕였다. 집에
서 저녁 식사를 알리는 종소리였다.

\*\*\*

심지어 이 어두운 밤, 바람이 롬바드 스트리트와 페
터 레인, 그리고 베드포드 스퀘어를 가로질러 어둠을
굴릴 때(서머타임이고 절기의 절정이기 때문에), 온통
전깃불이 반짝이는 플라타너스들과 아직 동이 트기 전

방을 지키는 커튼들이 흔들린다. 사람들은 층계참에서 나눈 마지막 말을 혼자 다시 한번 중얼거리거나, 아니면 꿈속에서도 내내 긴장한 채 알람 시계 소리에 귀를 기울인다. 그렇게 바람이 숲을 스쳐 지나갈 때 수많은 잔가지들이 흔들린다. 벌집들에 줄무늬가 생긴다. 벌레들이 풀줄기에서 흔들린다. 거미는 재빨리 나무껍질의 주름진 곳으로 달려가고, 대기는 숨결들에 아른아른하고 가느다란 거미줄들 때문에 탄력적이다.

다만, 이곳—롬바드 스트리트와 페터 레인과 베드포드 스퀘어—에서 각각의 곤충은 머릿속에 지구를 품고 있고, 숲의 그물망들은 일을 매끄럽게 풀기 위한 체계이고, 꿀은 이런저런 종류의 귀한 자원이며, 대기의 움직임은 생명의 형언할 수 없는 동요이다.

그런데 빛깔이 되돌아와 풀줄기 위로 번지며 튤립과 크로커스를 피어나게 하고, 나무줄기를 줄무늬들로 덮어씌우고, 부드러운 공기 구조와 풀들과 연못들을 채운다.

***

이때 극동과 무역 관계가 있는 어느 상회는 물에 닿
으면 꽃잎이 벌어지는 작은 종이꽃들을 시장에 내놓았
다. 만찬 후 핑거볼<sup>finger bowl</sup>(손가락을 씻는 그릇 – 옮긴이)
을 사용하는 것이 마침 관례였기 때문에 이 새로운 발
견물은 엄청나게 시의적절했다. 보호된 연못 같은 이
그릇들에서는 작고 화려한 꽃들이 떠다니고 미끄러지
듯 움직였으며, 부드럽고 미끄러운 물결들을 이겨내고
때로는 유리 바닥에 조약돌처럼 가라앉았다. 세심하고
아름다운 눈길들이 꽃들의 운명을 주의 깊게 지켜보았
다. 마음의 결속과 가정의 안정으로 이어지는 발견물
은 확실히 대단했다. 종이꽃은 그야말로 대단한 일을 해
냈다.

그렇지만 종이꽃이 생화를 몰아낸다고 생각해서는
안 된다. 장미, 백합, 특히 카네이션은 꽃병 가장자리
너머를 바라보며, 인조 꽃들의 현란한 삶과 빠른 파멸

을 지켜보았다. 스튜어트 오몬드 씨는 바로 이런 관찰을 말로 표현했다. 그것이 매력적으로 보여서 키티 크레스트는 6개월 후 그와 결혼하게 되었다. 그러나 생화는 그 무엇으로도 대체될 수 없을 것이다. 그럴 수 있다면 인간의 삶은 전체적으로 완전히 달라질 것이다. 꽃들은 시들기 때문이다. 국화가 최악이다. 저녁에는 내내 완벽하다가 다음 날 아침이면 누렇게 되고 시들해진다. 흉측한 모습이다. 대체로 터무니없이 비싸더라도 카네이션이 가장 제값을 한다. 그렇지만 카네이션을 철사로 보강하는 것이 현명한 일인지는 의문이 남는다. 상당수의 가게들은 그렇게 하라고 권한다. 그렇게 하는 것이 꽃을 무도회에 가져갈 수 있는 유일한 방법인 것은 확실하지만, 너무 더운 공간이 아니라면 철사로 보강하는 것이 과연 만찬 모임에 꼭 필요한지에 대해서는 의견이 분분하다. 나이 많은 템플 부인은 담쟁이 잎하나를—딱 하나만—꽃병에 넣으라고 권하곤 했다. 그녀는 담쟁이 잎 하나가 며칠간 물을 깨끗하게 유지시

켜준다고 말했다. 그러나 나이 많은 템플 부인의 생각
이 틀렸다고 가정할 만한 이유는 있다.

# 「과수원에서」<sup>(1923)</sup>

미란다는 과수원에서, 그러니까 사과나무 아래 있는 긴 의자에서 잠을 잤다. 그녀의 책은 잔디밭에 떨어져 있고, 손가락은 여전히 'Ce pays est vraiment un des coins du monde ou le rire des filles eclate le mieux······(이 나라는 진정 소녀들이 마음껏 웃음을 터뜨릴 만한 곳이다)'라는 문장을 가리키고 있는 것처럼 보였다. 마치 바로 그 부분에서 잠들어버린 듯했다. 그녀의 손가락에 있는 오팔 보석은 녹색으로 빛나고 장밋빛으로 빛나다가, 사과나무들 사이로 새어 나오는 햇빛이 가득 차자 다시 오렌지색으로 빛났다. 그러고 나서 미풍이 불어오자 그녀의 보라색 원피스는 꽃자루에 붙어 있는 꽃처럼 잔물결을 일으키고, 풀들은 고개를 끄떡였으며, 흰 나비가 이리저리 바람에 날려 그녀의 얼굴 아주 가까이까지 왔다.

4피트 더 높이 그녀의 머리 위 공중에 사과들이 매달려 있었다. 갑자기 날카롭고 시끄러운 소리가 났는데, 마치 거칠고 두서없고 가차 없이 두들겨서 금이 간 놋

쇠 징이 내는 소리인 것 같았다. 초등학생들뿐이었다. 아이들은 이구동성으로 구구단을 외우다가 선생님에게 제지되어 몹시 꾸지람을 듣고는 다시 처음부터 구구단을 외우기 시작했다. 그러나 이 시끄러운 소리는 미란다의 머리 4피트 위를 지나 사과나무의 잔가지들을 통과하고는, 등교하는 대신 산울타리에서 블랙베리를 따는 목동의 어린 아들을 강타하여 아이의 엄지가 가시에 찔려 생채기가 나게 했다.

그다음에 단 한 번 비명 소리가 났는데, 인간이 내는 참담하고 잔혹한 소리 같았다. 늙은 파슬리는 정말로 인사불성으로 취했다.

그때 땅에서 30피트 위 푸른색을 배경으로 작은 물고기처럼 납작한 사과나무 맨 꼭대기의 잎들에서 수심에 잠긴 애처로운 소리가 울려 퍼졌다. 그것은 『고대와 현대의 찬송가』 중 한 곡을 연주하는 교회의 오르간 소리였다. 그 소리는 이쪽으로 흘러오다가, 엄청난 속도로─어디든─날아다니는 한 떼의 개똥지빠귀에 의해 잘게 잘려나갔다. 미란다는 그 30피트 아래에 잠들어 있었다.

그러자 과수원에 잠들어 있는 미란다 위쪽 200피트에 있는 사과나무와 배나무 위에서 종소리가 뚝뚝 끊어지며 우울하고 설교하는 듯 울렸는데, 교구에 사는 여섯 명의 가난한 여자들을 위해 추수감사절 예배를 드리며 목사가 하늘을 향해 찬미를 올리고 있었기 때문이다.

그리고 그 위에서는 날카로운 괴성과 함께 교회 탑의 금색 깃털 모양 장식이 남쪽에서 동쪽으로 방향을 틀었다. 바람이 바뀌었던 것이다. 무엇보다도 바람은 숲들, 풀밭들, 언덕들 위에서, 그리고 과수원에 누워 자고 있는 미란다 몇 마일 위에서 웅웅거리는 소리를 냈다. 바람은 보지도 알지도 못한 채 계속 휘몰아치며 자신에 맞설 수 있는 어떤 것도 마주치지 않다가 마침내 방향을 틀어 다시 남쪽으로 향했다. 몇 마일 아래 바늘귀만 한 어느 곳에서 미란다가 벌떡 일어서서 소리쳤다.

"어머나, 차 마시는 시간에 늦겠어."

미란다는 과수원에서 잤다. 아니 어쩌면 잠을 잔 게 아니었을 것이다. 그녀의 입술이 'Ce pays est vraiment un des coins du monde······ ou le rire des filles······ eclate······ eclate······ eclate······(이 나라는 진정 소녀들이 웃음을 터뜨릴 만한······ 터뜨릴 만한····· 터뜨릴 만한 곳이다)'라고 말하는 듯 아주 살짝 움직였기 때문이다. 그리고 나서 그녀는 미소 지으며, 온 힘을 다해 몸이 거대한 땅에 풀썩 주저앉게 했다. 내가 잎 한 장이나 여왕이 되기라도 한 것처럼 나를 등에 업기 위해 땅이 부풀어 오르는 거야, 하고 그녀는 생각했다. (이 지점에서 아이들은 구구단을 외웠다.) 또는 아마도 내가 높이 절벽 위에 누워 있고 갈매기들이 내 위에서 끼루룩 울어대고 있는 거야, 하고 미란다는 생각을 이어갔다. 갈매기들이 더 높이 날수록, 하고 그녀는 선생님이 아이들을 몹시 꾸짖고 지미의 손마디를 때려 결국 피가 날 때 계속 생각했다. 갈매기들은 바닷속을 그만큼 더 깊이 들여다보게 되지. 바닷속을, 하고 그녀는 같은 말을 되풀이하면서, 마치 바다에서 파도에 표류하고 있는 것처럼 손가락의 긴장이 풀리고 입술이 부드럽게 닫혔다. 그러고는 술 취한 사내의 외침 소리가 머리 위에서 울릴 때, 그녀는 비할 데 없는 황홀경에 빠져들며 숨을 들이마셨다. 왜냐하면 그녀는 바람에게서, 종소리로부터, 양배추의 구부러진 녹색 잎에서 삶 자체가 진홍빛 입의 거친 혀로 외쳐대는 소리를 듣고 있다고 생각했기 때문이다.

그녀가 결혼할 때는 당연히 오르간이 『고대와 현대의 찬송가』의 노래를 연주했고, 여섯 명의 가난한 여자들을 위한 추수감사절 예배 후 종이 울릴 때 뚝뚝 끊어지고 음울한 굉음 소리가 나자 그녀는 땅이 그녀를 향해 질주해오는 말발굽 소리에 심하게 흔들린다고 생각했다. ("아, 나는 기다리기만 하면 돼." 하고 그녀는 탄식했다.) 그러자 그녀에게는 모든 것이 이미 그녀 주위로, 그녀 너머로, 그녀를 향해 하나의 무늬처럼 움직이고 소리치고 타고 가고 날아가기 시작한 것처럼 보였다.

메리가 나무를 쪼개고 있군, 하고 그녀는 생각했다. 피어맨이 암소들을 돌보고 있고, 수레들이 초원으로부터 돌아오고 있군. 말을 탄 사람은—그리고 그녀는 남자들, 수레들, 새들, 그리고 말을 탄 사람이 풍경을 가로질러 긋는 선들을 추적했고, 그러다 보니 마침내 그녀 자신의 심장박동이 그 모든 것들을 멀리, 주변의 떨어진 곳으로 내몰고 있는 것처럼 보였다.

몇 마일 위 공중에서 바람이 급변했다. 교회 종탑의 금색 깃털 모양 장식이 끽끽 소리를 냈다. 그러자 미란다가 벌떡 일어서서 소리쳤다. "어머나, 차 마시는 시간에 늦겠어."

미란다는 과수원에서 잠을 잤다. 아니 그녀가 잠을 잤던가 아니면 잠을 잔 게 아니었던가? 그녀의 보라색 원피스는 사과나무 두 그루 사이에 넓게 펴져 있었다. 과수원에는 사과나무가 스물네 그루 있었는데 그중 몇 그루는 약간 기울어져 있는 반면, 다른 몇 그루는 큰 가지들로 뻗어나가며 붉거나 노란 둥근 물방울 형태의 줄기를 따라 황급히 곧게 위로 자라나고 있었다. 각각의 사과나무마다 공간은 충분했다. 하늘은 잎들에 딱 들어맞았다. 미풍이 불면 담장 앞에 한 줄로 늘어선 큰 가지들이 약간 기울었다가 다시 제자리로 돌아왔다. 할미새 한 마리가 한쪽 구석에서 다른 쪽 구석으로 가로지르며 날아갔다. 지빠귀 한 마리가 조심스럽게 깡충깡충 뛰면서 땅에 떨어진 사과 가까이 다가갔다. 다른 쪽 담장에서는 참새 한 마리가 풀밭 위로 낮게 푸드덕 날아갔다. 나무들이 위로 뻗으려는 열망은 아래쪽을 향하는 이런 움직임에 묶여 있었다. 그 전체가 과수원의 담장들에 짓눌렸다. 아래쪽 땅은 몇 마일 깊이 눌려 납작해졌다. 지표면의 흙은 흔들리는 공기와 함께 일렁였다. 과수원의 한 모퉁이에서 청록색은 보라색 선에 베여 갈라졌다. 바람이 급변할 때 사과 한 다발이 너무 높이 내동댕이쳐져서 목초지에 있던 소 두 마리를 가리며 사라지게 만들었다. ("어머나, 차 마시는 시간에 늦겠어!" 하고 미란다는 소리쳤다.) 그리고 사과들은 다시 담장 앞에 똑바로 매달려 있었다.

# 『댈러웨이 부인』<sup>(1925)</sup>

댈러웨이 부인은 자기가 직접 가서 꽃을 사 오겠다고 말했다.

루시는 준비해야 할 일이 있었기 때문이다. 문들을 돌쩌귀에서 떼어내야 하고, 럼플메이어 회사의 사람들도 올 테니. 그런데, 하고 클라리사 댈러웨이는 생각했다. 아이들이 해변에서 놀기 딱 좋은 이 얼마나 상쾌한 아침인가.

뭐라 말할 수 없는 기쁨이었다! 뭐라 말할 수 없는 도약이었다! 살짝 삐걱하는 돌쩌귀 소리를 지금도 들을 수 있을 것 같았다. 창문을 열어젖히고 버턴<sup>Bourton</sup>에서 밖으로 뛰어내릴 때 말이다. 얼마나 상쾌하고, 또 얼마나 잔잔했던가. 지금보다도 훨씬 더 고요했던 아침의 공기란. 철썩이는 파도 소리 같고 파도의 입맞춤 같았다. 차갑고 살을 에는 듯했지만 (그 당시 열여덟 소녀였던 그녀에게는) 장엄했다. 그녀가 열린 창가에 서 있을 때, 곧 무슨 끔찍한 일이 일어날 거라는 느낌이 들었다. 그녀는 꽃들을 바라보고, 흩어지는 안개가 감싸는 나무들과 오르락내리락하는 까마귀들을 서서 바라보고 있었는데, 마침내 피터 월시가 이렇게 말했다. "채소밭에서 사색 중인가요?"—그 말이었나?—"나는 꽃양배추보다 인간이 더 좋아요."—이 말이었나? 어느날 아침 그녀가 테라스로 나가 식사를 하고 있을 때 그가—피터 월시가 그렇게 말했음에 틀림없었다. 그는 머지않아 6월이나 7월에 인도에서 돌아온다고 했다. 그가 언제 돌아온다고 한 것인지 그녀는 잊어버렸다. 그의 편지가 너무 따분했기 때문이다. 기억나는 건 그의 말들이었다. 그의 눈, 그의 주머니칼, 그의 미소, 그의 심술, 그리고 그 밖의 수많은 일들은 완전히 잊어버렸는데—얼마나 이상한 일인가!—양배추에 대해 운운하던 몇 마디 말은 생각이 났다.

\*\*\*

말도 안 돼! 말도 안 돼! 하고 그녀는 자신에게 소리치면서 멀버리 꽃집의 여닫이문을 밀치고 들어갔다.

　그녀가 경쾌하게 으스대며 매우 꼿꼿한 자세로 들어서자, 단추처럼 작고 둥근 얼굴을 한 핌 양이 즉시 그녀를 반겼다. 핌 양의 손은 마치 꽃들과 함께 찬물 속에 담겨 있었던 것처럼 언제나 새빨갰다.

　꽃들이 있었다. 제비고깔, 스위트피, 라일락 꽃다발, 그리고 카네이션, 산더미처럼 쌓인 카네이션. 장미도 있었고 붓꽃도 있었다. 아, 이거야. 그녀는 거기에 선 채 핌 양과 이야기하면서 정원 흙의 향내를 들이마셨다. 핌 양은 마땅히 그녀를 도와주어야 했고, 또 그녀를 선량하다고 여겼다. 몇 년 전에는 그녀가 인정이 많았기 때문이다. 무척 인정이 많았다. 그런데 금년에 그녀가 붓꽃과 장미와 고갯짓하는 라일락 꽃차례 사이에서 이리저리 머리를 돌리고 눈을 반쯤 감고는, 끊임없이 울리는 거리의 소음을 듣고 나서 향기로운 냄새, 절묘하게 청량한 공기를 킁킁 들이마시는 모습을 보니 나이가 더 들어 보였다. 그러고 나서 그녀가 눈을 떴을 때, 장미들은 싱싱하고 물결 모양의 주름이 잡힌 천 같았으며 깨끗하게 빨아서 채반에 펼쳐져 있는 것처럼 보였다. 붉은 카네이션들은 고개를 꼿꼿이 든 채 어둡고 뻣뻣해 보였다. 그리고 온갖 스위트피가 우묵한 수반에 넓게 흩어져 있었는데 보라색과 눈처럼 흰 순백색과 창백한 색조였다. 마치 아주 멋진 여름날이 거의 검푸른 하늘, 제비고깔, 카네이션, 칼라와 함께 저문 후, 저녁에 모슬린 원피스를 입은 소녀들이 스위트피와 장미를 따라 밖으로 나오는 것 같았다. 각각의 꽃—장미, 카네이션, 붓꽃, 라일락—이 흰색, 보라색, 빨간색, 진한 오렌지색으로 활짝 피는 때는 저녁 6시와 7시 사이의 순간일 것이다. 각각의 꽃은 안개 낀 화단들에서 부드럽고 순결하게 저절로 작열하는 것처럼 보인다. 그리고 그녀는 페루향수초와 달맞이꽃 위를 떼 지어 다니는 회백색 나방들을 얼마나 좋아했던가!

***

샐리의 영향은, 그러니까 그녀의 재능, 그녀의 개성은 놀라웠다. 이를테면 그녀는 꽃에 대한 감각이 있었다. 버턴에서는 식탁 전체에 골고루 배치된 딱딱한 디자인의 작은 꽃병들이 언제나 있었다. 샐리는 밖으로 나가 접시꽃과 달리아―함께 본 적이 없는 온갖 종류의 꽃들―를 꺾고 꽃부리를 잘라내어 수반의 물에 떠다니게 했다. 해 질 녘에 저녁 식사를 하러 들어갈 때 받은 인상은 놀라웠다. (헬레나 고모는 꽃을 그렇게 다루는 걸 당연히 좋지 않다고 여겼다)

***

그것은 그와 샐리 사이의 유대를 보여주는 일 중 하나였다. 그들이 산책하기를 즐기는 정원이 있었다. 장미 덤불과 커다란 꽃양배추가 심어져 있고 담을 두른 자그마한 땅이었다. 그는 샐리가 장미꽃잎을 떼어내다가 멈춰 선 채 달빛 속에서 꽃양배추 잎들이 아름답다고 단언한 것을 기억할 수 있었다(모든 것이, 수년 전부터 더 이상 생각나지 않았던 일들이 이렇게 생생하게 다시 살아나다니, 이상한 일이었다).

*\*\**

"여기" 하고 그녀가 말하고는 장미 한 송이를 모자 한쪽에 꽂았다. 그녀가 이렇게 행복했던 적은 결코 없었다! 난생처음이었다!

*\*\**

우리는 모두 죄수가 아닐까? 그녀는 감방 벽을 긁어댄 한 남자에 대한 멋진 작품을 읽었고, 인생이 바로 그렇다고—벽을 긁어대는 거라고 느꼈다고 했다. 인간

관계들(사람들이 너무 애쓴다고 했다)에 대한 실망 때문에 그녀는 자주 정원으로 가서 꽃들에게서, 세상 사람들이 그녀에게 결코 주지 못하는 평화를 얻는다고 했다. 하지만 피터는 아니었다. 그는 양배추를 좋아하지 않는다고 했다. 인간을 더 좋아해요. 하고 피터가 말했다. 젊은이들이 정말 아름답죠, 하고 샐리는 엘리자베스가 방을 가로질러 가는 것을 지켜보면서 말했다. 나이대가 같은 클라리사는 너무 다르네요! 그가 엘리자베스에게서 배울 수 있을까요? 그녀가 거의 입을 열지 않는다고 했다. 그다지, 아직은, 하고 피터가 시인했다. 그녀가 백합 같다고 샐리는 말했다. 연못가에 핀한 송이 백합 같다고.

# 「질병에 관하여」(1926)


이 특별한 광경의 첫인상은 이상하게 압도적이다. 잠깐만이라도 하늘을 바라보는 것은 대체로 불가능하다. 공공연하게 하늘을 주시하는 사람은 보행자들을 방해해서 화나게 할 것이다. 우리 눈에 보이는 하늘의 일부는 굴뚝들과 교회들로 인해 일그러져 있고, 인간에게는 배경이 되며, 궂은 날씨인지 맑은 날씨인지 알려주고, 창들을 금빛으로 물들이고, 나뭇가지들 사이를 가득 채워 가을 광장들에 흐트러진 가을 플라타너스의 비애를 완성한다. 그런데 땅에 누워 똑바로 올려다보면 하늘은 완전히 다르게 보여서 정말로 좀 충격적이다. 그러니까 우리도 모르게 이런 일이 내내 일어났던 것이다! 형상들을 이렇게 끊임없이 만들고 해체하는 것, 구름들이 이렇게 부풀어 오르는 것, 끝없이 이어지는 배들과 수레들을 북쪽에서 남쪽으로 끌고 가는 것, 빛과 그늘의 장막들이 이렇게 끊임없이 오르락내리락하는 것, 황금빛 햇살과 푸른 그림자를 가지고 태양을 가렸다가 드러내고 암벽에서 비쭉 내밀다가 붙어서 떨궈내는 끝없는 이런 실험—얼마나 많을지는 모르지만 수백만 마력의 에너지를 허비하는 끝없이 분주한 이런 활동은 해마다 그렇게 계속될 것이다. 이 사실은 비난까지는 아닐지라도 비판적인 숙고를 불러일으키는 듯하다. 누군가가 「타임스」에 써야 하지 않을까? 한데 그것을 잘 활용해야 할 것이다. 이 놀라운 영화 같은 작품이 텅 빈집 앞에서 영원히 상영되게 해서는 안 된다. 다만 좀 더오래 바라보면 다른 감정이 생겨나 시민적 열의의 흥분을 억누른다. 그것은 신성하게 아름다우며 또한 신성하게 무정하다. 인간의 기쁨이나 이익과 무관한 어떤목적을 위해 어마어마한 양의 엄청난 자원이 사용된다. 우리 모두가 쓰러져 뻣뻣하게 경직된다 해도 하늘은푸른색과 금빛으로 실험을 계속한다. 아주 작고 가까이있는 친숙한 것을 내려다본다면 어쩌면 우리는 공감을발견할 것이다. 그렇다면 장미를 살펴보자. 우리는 장미가 꽃병에서 꽃피는 것을 볼 때마다 장미를 최고의아름다움과 자주 연관 지어서 장미가 오후 내내 조용하게 꾸준히 땅에 서 있다는 사실을 잊었다. 장미는 완벽한 품위와 침착한 태도를 잃지 않는다. 꽃잎들을 온통 물들인 색에는 흉내 낼 수 없는 진짜가 있다. 때로는 꽃잎 하나가 유유히 떨어질 테고, 또 때로는 모든 꽃이 고개를 숙인다. 푸릇푸릇한 보랏빛 꽃들, 밀랍 같은 살결에 숟가락 모양의 삽이 동그란 체리즙 자국을 남긴 크림색 꽃들이. 글라디올러스와 달리아, 성직자와 교회를 연상시키는 백합, 풀 먹인 옷깃 같은 뻣뻣한 경령華領이 있고 살구빛과 호박색을 띤 꽃들이 전부 다 바람에 살짝 몸을 구부린다. 한낮의 태양에 당당하게 인사하고 한밤중에는 어쩌면 달을 거칠게 거부할 묵직한 해바라기를 제외하고 모든 꽃이 다 그렇다. 꽃들은 거기에 서 있고, 인간들은 만물 중에서 가장 고요하고 가장 자족적인 바로 이 꽃들을 벗으로 삼아왔다. 이 꽃들은 인간들의 열정을 상징하고, 인간의 축제를 장식하고, 죽은 자들의 베개 위에 (슬픔을 아는 듯이) 놓여 있다. 놀랍게도 시인들이 자연에서 종교를 발견했다고 전해

준다. 사람들이 시골에 살면서 식물들에게서 미덕을 배운다고 말해준다. 식물은 무심함으로 위안을 준다. 인간이 밟아본 적이 없는 영혼의 저 설원에 구름이 찾아오고 떨어지는 꽃잎이 입을 맞춘다. 마치 다른 영역에서 밀턴과 포프 같은 위대한 예술가들이 그러하듯, 그들은 우리를 위로한다. 우리를 생각해서가 아니라 우리를 잊었기 때문에.

한편 하늘이 아무리 무심하고 꽃들이 아무리 교만하더라도, 강직한 자들의 부대는 개미나 벌들처럼 용맹하게 행군하며 전투에 나간다. 존스 부인은 기차를 탄다. 스미스 씨는 자동차를 수리한다. 암소들은 젖을 짜러 집으로 내몰린다. 남자들은 지붕에 볏짚을 덮는다. 개들이 짖어댄다. 그물 속에서 솟아오르는 까마귀들이 그물에 걸린 채 느릅나무에 떨어진다. 인생의 파도가 지칠 줄 모르고 몰아친다. 자연이 결국 애써 숨기려 하지 않는 것—즉 자연이 결국은 이긴다는 것을 아는 것은 몸져누운 사람들뿐이다. 온기가 땅을 떠날 것이고, 우리는 한기에 뻣뻣해진 채 들판을 가로질러 터벅터벅 걷기를 그만둘 것이고, 공장과 기계에 얼음이 두껍게 덮일 테고, 태양이 꺼져버릴 것이다. 그리고 설령 온 땅이 단단히 다져지고 얼음에 덮여 미끄럽다 하더라도, 그 어떤 지표면의 굴곡, 즉 표면의 울퉁불퉁한 곳이 오래된 정원의 경계를 표시할 것이고, 그곳의 별빛 속에서 겁먹지 않고 고개를 드는 장미가 꽃을 피우고 크로커스가 빛날 것이다. 그러나 생명의 갈고리가 아직 우리 안에 걸려 있기 때문에 우리는 여전히 버둥거릴 수밖에 없다. 우리는 평온하게 유리 같은 언덕으로 굳어버릴 수는 없다. 몸져누운 사람들이라 하더라도 발가락이 얼 것 같은 상상만으로 벌떡 일어나, 전반적인 희망에서 당신의 것—천국과 불멸을 얻으려고 전력을 다할 것이다.

## 『등대로』 (1927)

"갑자기 쌀쌀해지네요. 태양의 힘이 약해진 것 같아요." 하고 그녀가 말하며 둘러보았다. 왜냐하면 실제 날씨는 화창하고, 잔디는 여전히 부드러운 진녹색이고, 집은 보랏빛 시계풀이 피는 나뭇잎 속에서 어슴푸레 빛나고, 까마귀들은 높고 푸른 하늘에서 무심한 울음소리를 내려보냈기 때문이다. 그런데 무언가 움직이며 번쩍이더니 공중에서 은빛 날개 하나를 퍼덕거렸다. 결국 9월이었다. 9월 중순인 데다 저녁 6시가 지났다. 그래서 그들은 평소에 다니던 방향으로 정원 아래쪽을 느릿느릿 거닐며 테니스 잔디밭을 지나고 팜파스그라스를 지나쳐서 울창한 산울타리의 틈새를 향해 갔다. 산울타리는 밝게 빛나는 석탄이 담긴 화로처럼 불타는 듯한 새빨간 토치 백합들로 호위되었고, 토치 백합들 사이에서 만의 푸른 물결은 그 어느 때보다 더 파랗게 보였다.

그들은 그 어떤 욕구에 이끌려 저녁마다 꼬박꼬박 그곳으로 갔다. 마치 물이 넘쳐나서 마른 곳에서 굳어졌던 생각들이 떠다니며, 그들의 몸에 일종의 신체적 안도감을 주는 것 같았다. 처음에는 색깔들의 박동이 만을 푸른색으로 가득 채워서 그 광경을 볼 때 마음이 벅차올랐고, 몸은 물 위로 떠오르는 듯했다. 그러나 바로 그다음 순간 요동치는 파도 위의 뾰족한 바위 같은 어둠에 막혀 식어버렸다. 그리고 거의 매일 저녁 거대한 검은 바위 뒤에서 물이 솟아올라서 사람들이 조심해야 했지만, 막상 불규칙적으로 하얀 물기둥이 위로 솟아나면 그것은 큰 기쁨이었다. 그래서 그 순간을 기다리는 동안 창백한 반달 모양 만에서 연이은 파도가 진주빛의 매끄러운 얇은 막을 반복해서 벗겨내는 광경을 지켜보았다.

그들은 거기 서서 둘 다 미소를 지었다. 그들은 함께 즐거운 기분을 느꼈다. 요동치는 물결이 그 감정을 일으켰고, 그 뒤엔 돛단배 한 척이 빠르게 궁형弓形을 가로질러 만灣으로 달려들어오다가 일단 멈춘 후 흔들거리며 돛을 내렸다. 그리고 나서 두 사람은 그 장면을 완성하려는 자연스러운 충동에서 이 빠른 움직임 후에 멀리 모래 언덕들을 바라보았다. 그러자 기쁨 대신 어떤 슬픔이 엄습했다. 장면이 이제 전부 완성되었기 때문이기도 하고, 또 부분적으로는 멀리 보이는 광경들이 보는 이들보다 백만 년쯤(릴리의 생각이었다) 더 살아서, 완전히 멈춘 땅이 내포되는 하늘과 거의 합쳐진 것처럼 보였기 때문이다.

***

그 집은 버려졌다. 집이 텅 빈 것이다. 생명이 버리고 떠난 지금 소금 알갱이로 채워지는 모래 언덕 위의 조가비처럼 남았다. 기나긴 밤이 그 집을 차지한 것처럼 보였다. 춤추는 바람, 조금씩 갉아 먹는 바람, 축축한 산들바람, 부드럽게 어루만지는 산들바람이 승리를 거둔 것 같았다. 스튜 냄비는 녹슬고 맷돌 위쪽은 무너졌다. 두꺼비들이 코를 킁킁거리며 다녔다. 숄은 하릴없이 이리저리 흔들렸다. 엉겅퀴가 식료품 저장실 타일들 사이를 뚫고 나와 자랐다. 제비들은 응접실에 둥지를 틀었다. 바닥은 지푸라기로 뒤덮여 있었다. 회반죽이 삽질에 떨어져 내렸다. 서까래들이 적나라하게 드러났다. 쥐들은 이것저것을 물고 가서 벽판 뒤에서 갉아 먹었다. 쐐기멋쟁이들이 번데기에서 나와서 유리창에 붙어 퍼덕거리다가 죽었다. 양귀비는 달리아 사이에 씨를 뿌렸다. 잔디밭은 높다란 잔디로 물결 모양이었다. 거대한 아티초크가 장미들 사이에서 우뚝 솟아났다. 끝 부분이 갈라진 카네이션이 양배추들 사이에서 꽃을 피웠다. 그러는 동안 겨울밤에 잡초가 창문을 부드럽게 두드리는 소리는, 여름이면 공간 전체를 푸르게 만드는 튼튼한 나무들과 가시덤불이 북 치듯 쿵쿵거리는 소리가 되었다.

어떤 힘이 생식력, 자연의 무정함을 지금도 막을 수 있을까?

# 『올랜도』(1928)

 

그는 마침 젊은 시인들이 언제나 그러는 것처럼 자연을 묘사하고 있었고, 딱 맞는 초록색을 포착하기 위해 대상 자체를 관찰했는데 (그렇게 할 때 그는 다른 사람들보다 더 대담함을 보여주었다) 그 대상은 우연히도 창 아래에서 자라는 월계수 덤불이었다. 그러고 나서 그는 물론 글쓰기를 계속할 수 없었다. 자연의 초록색과 문학에서의 초록색은 다른 것이다. 자연과 문학은 명백히 근본적으로 양립할 수 없다. 자연과 문학을 합쳐놓으면 서로 끊어지고 만다. 올랜도가 이 순간 바라본 초록색은 그의 리듬을 망치고 운율을 깨뜨렸다. 그뿐만 아니라 자연은 나름의 기이한 점이 있다. 그저 창밖을 내다보고 꽃들 속의 벌들과 하품하는 개와 일몰을 바라보며, "나는 해가 지는 광경을 앞으로 몇 번이나 더 보게 될까?" 등등을 생각해야 하는데 (그 생각은 너무 장황해서 더 부연할 수가 없다) 이미 펜을 내려놓고 겉옷을 집어 방에서 나가다가 색칠된 궤짝에 발이 걸린다. 올랜도는 약간 어설픈 데가 있었기 때문이다.

그는 다른 사람들을 만나지 않으려고 조심했다. 정원사 스텁스 씨가 길을 따라오고 있었다. 올랜도는 정원사가 지나갈 때까지 나무 뒤에 몸을 감추었다. 그는 담장의 작은 문을 통해 정원을 떠났다. 축사, 개집, 양조장, 목공소, 세탁실, 수지 양초를 만들고 소를 도살하고 말편자를 제작하고 더블릿(르네상스 시대의 허리가 잘록한 남자 상의 ─옮긴이)에 수를 놓는 장소들을 다 피해서─왜냐하면 그 집은 남자들이 수행하는 여러 가지 일들의 반향으로 가득한 하나의 도시이기 때문이다─방해받지 않은 채, 양치류로 그늘진 길에 이르렀다. 그 길은 공원을 가로질러 언덕 위로 이어졌다. 아마도 특성들 간에는 유사성이 존재할 것이다. 하나의 특성이 종종 다른 특성을 동반하고, 그래서 전기 작가라면 이 지점에서 서름이 종종 고독에 대한 사랑을 수반한다는 점을 지적해야 할 것이다. 궤짝에 걸려 넘어지는 올랜도는 원래부터 쓸쓸한 장소들, 탁 트인 전망들, 그리고 영원히 혼자라고 느끼는 감정을 좋아했다.

그리고 오랜 침묵 끝에 그는 "나는 혼자야."라고 속삭이고, 이 보고문에서 처음으로 입을 열었다. 그는 빠른 걸음으로 언덕 위의 양치류와 산사나무 덤불을 헤치고 깜짝 놀라는 야생동물과 야생 조류를 지나, 혼자 떨어져 있는 떡갈나무 한 그루가 대미를 장식할 수 있는 곳으로 갔다. 그곳은 높이 위치했다. 지대가 너무 높아서 그곳으로부터 잉글랜드의 주 19개를 내려다볼 수 있었다. 맑게 갠 날이면 30개의 주를, 날씨가 특히 좋을 때는 심지어 40개의 주를 볼 수 있을 정도였다. 때로는 영국해협이, 연이어 일렁이는 한결같은 파도가 보였다. 강들을 볼 수 있었다. 강에 띄운 유람선들, 바다로 나가는 대형 범선들, 포성의 둔탁한 굉음이 울려 나오는 연기구름이 떠 있는 함대들, 해안의 보루, 목장들 사이의 성들, 이쪽으로는 망루가, 저쪽으로는 요새가, 그리고 간혹 올랜도의 아버지 소유의 저택에 견줄 만한 어마어마한 저택들이 보였는데, 성벽으로 둘러싸인 골짜기에 밀집한 도시들 같았다. 동쪽으로는 런던의 교회 종탑들과 도시의 연기가 보였고, 바람이 정방향에서 불어오면 뒤쪽 수평선에 솟아오른 스노든<sup>snowdon</sup>(웨일스 서북부에 있는 최고의 산 – 옮긴이)의 뾰죽뾰죽한 정상과 들쭉날쭉한 바위 능선이 진짜로 모습을 드러냈다. 올랜도는 잠시 그대로 서서, 수를 세고 살펴보고 알아보느라 여념이 없었다. 저기는 아버지의 집, 저기는 숙부의 집. 저쪽 나무들 사이의 어마어마한 탑 세 개는 숙모의 소유였다. 황무지도 숲처럼, 꿩과 붉은 사슴, 여우, 오소리, 그리고 나비들처럼 마찬가지로 그들의 것이었다.

그는 한숨을 깊게 내쉬고는 ─ 그의 동작들은 그 단어에 걸맞은 열정에서 생겨났다 ─ 떡갈나무 밑에 드러누웠다. 이 여름의 무상함 속에서 대지의 뼈대가 누운 몸 아래로 느껴지는 것이 좋았다. 떡갈나무의 딱딱한 뿌리가 그렇게 느껴졌기 때문이다. 또는 ─ 하나의 장면이 다른 장면에 이어졌기 때문인데 ─ 떡갈나무의 딱딱한 뿌리는 그가 타는 커다란 말의 등이거나 갑자기 기울어지는 배의 갑판이었다. 딱딱하기만 하면 그 무엇이든지 다 떡갈나무의 뿌리일 수 있었다. 그는 불안정한 심장을 붙잡아둘 뭔가를 갈망했기 때문이다. 가슴을 쑤시는 통증이 느껴지는 심장, 매일 저녁 이 시간에 밖을 산책할 때면 향기로운 향신료 냄새와 사랑에 굶주린 산들바람이 가득 채우는 듯한 심장을 말이다. 그는 심장을 떡갈나무에 동여맸고, 거기에 눕자 그의 안과 주위를 둘러싼 불안이 점차 가라앉았다. 작은 잎들은 축 처져 있고, 야생동물은 멈춰 서고, 옅은 여름 구름은 하늘에 머물렀다. 땅바닥에서 그는 사지가 무거워져서 가만히 누워 있었다. 그러자 야생동물이 점점 다가오고, 까마귀들이 그의 주변을 맴돌고, 제비들이 아래로 덮치며 원을 그리고, 잠자리들이 붕 하고 스쳐 지나갔다. 마치 어느 여름 저녁 모든 생식력과 사랑에 중독된 모든 행위가 그의 몸 주위에 거미줄을 친 것 같았다.

***

　정원에는 아주 다양한 종류의 갈란투스, 크로커스, 히아신스, 목련, 장미, 백합, 과꽃, 달리아가 자랐고 배나무, 사과나무, 벚나무, 뽕나무 그 외에도 진귀한 관목과 추위에 잘 견디는 상록수가 함께 빽빽이 자라고 있어서, 꽃이 피지 않은 땅이 한 곳도 없었고 그늘이 지지 않은 잔디밭은 한 군데도 없을 정도였다. 게다가 올랜도는 화려한 깃털을 가진 야생 조류들과 아울러 말레이곰 두 마리를 들여왔는데, 곰들의 무뚝뚝한 거동 뒤에는 확실히 진심이 숨겨져 있었다.

***

　짙고 옅은 구름들이 지나가며 그 아래에 깔린 풀밭의 빛깔을 흩뜨린다. 해시계는 하루의 시간을 익숙한 수수께끼 같은 방식으로 기록한다. 마음은 한가하게 바로 이런 삶에 대한 이런저런 질문을 제기하기 시작한다. 그는 이렇게 노래하거나 흥얼거린다. 난로 선반 위의 냄비 같은 인생, 인생, 인생, 그대는 무엇인가? 빛일까, 아니면 어둠일까, 급사의 플란넬 앞치마일까, 아니면 풀밭에 있는 찌르레기의 그림자일까?

그러면 모두가 자두꽃과 벌에 심취하는 이 여름날 아침을 살펴보자. 그리고 윙윙거리고 살랑거리며 찌르레기에게(찌르레기가 종달새보다 붙임성이 좋은 새이기 때문이다) 쓰레기통 가장자리에서 머리를 빗다가 덤불 속에 빠진 주방 소년의 머리카락을 쪼아대면서 무슨 생각을 하는지 들어보자. 농장 마당의 문에 기댄 채, 인생이란 무엇인가? 하고 물어보자. 인생! 인생! 인생! 하고 새가 소리친다. 마치 새가 우리의 말을 들은 것처럼, 그리고 안팎으로 질문을 던지며 두리번거리고 데이지를 세게 잡아당기는 성가시고 건방진 우리의 습관 때문에 우리를 괴롭히는 게 무엇인지 정확히 알고 있는 것처럼. 작가들이 다음에 무슨 말을 해야 할지 모를 때 흔히 그렇게 하듯이 말이다. 그러면 그들이 와요, 하고 새가 말한다. 그리고 내게 삶, 삶, 삶! 삶이 무엇이냐고 물어요.

그런 다음에 우리는 황무지를 지나 포도주색, 즉 짙은 보랏빛 언덕의 높은 경사면 위로 터벅터벅 걸어가서, 저기서는 몸을 엎드리고 또 저기서는 꿈을 꾸고 또 저기서는 지푸라기를 구덩이에 있는 집으로 힘들게 끌고 가는 메뚜기를 본다. 그리고 메뚜기는 (만일 메뚜기가 하는 것과 같은 어떤 사소한 행위가 대단히 성스럽고 다정한 이름을 얻을 만했다면) 인생이 고난으로 이루어져 있다고 말한다. 어쨌든 우리는 먼지가 쌓인 목구멍에서 찌륵찌륵 울어대는 소리를 그렇게 해석한다. 그리고 개미가 동조하고 벌들도 마찬가지다. 그런데 우리가 아주 오래 누워 있으면서, 저녁이면 와서 작은 종 모양의 더 옅은 색의 헤더 꽃들 사이로 슬쩍 들어가는 나방들에게 묻는다면, 나방들은 눈보라 속 전신선들로부터 들리는 것 같은 기이하게 말도 안 되는 소리를 우리의 귀에 대고 불어댈 것이다. 낄낄거리고 키득거리는 소리를. 웃음소리! 웃음소리! 하고 나방은 말한다.

녹색 동굴들에서 오랜 세월 동안 외로이 산 물고기들의 말을 들어온 인간들이 생각하기에, 물고기들은 들은 것을 결코 말하지 않으며 따라서 어쩌면 삶이 무엇인지 알아차릴지도 모른다. 그런 까닭에 우리가 또한 인간과 새와 곤충들에게 의견을 구한 후—즉 그들 모두에게 의견을 물었음에도 조금도 더 현명해지지 못한 채 다만 더 늙고 더 냉담해진 후(우리는 가령 한때 왠지 정말 어렵고 희귀한 것을 책 속에 담아 그것이 삶의 의미에 관한 것이라고 확신할 수 있기를 열망하지 않았던가?) 우리는 되돌아가서 그것을 알게 되기를 조심조심 기다리는 독자에게 지체 없이 삶이 무엇인지 말해주어야 한다. 저런, 우리는 그것을 알지 못한다.

그렇지만 그 책이 폐기되는 것을 막기에 적기인 이 순간, 올랜도는 의자를 밀어내고 기지개를 켜더니 펜을 내려놓고 소리쳤다. "완전히 지쳤어!"

그러자 곧 눈에 보이는 특별한 광경에 그녀는 거의 앞으로 고꾸라질 뻔했다. 정원이 있었고, 새가 두서넛 마리 있었다. 존재는 평소의 흐름을 계속 이어가고 있었다. 그녀가 글을 쓰고 있는 내내 존재는 계속되고 있었다.

# 『파도』(1931)

　태양은 아직 떠오르지 않았다. 바다가 구겨진 천처럼 약간 접힌 것을 빼고는 바다와 하늘은 구분이 되지 않았다. 하늘이 맑아지는 동안, 바다와 하늘을 떼어놓는 검은 선이 수평선에 차차 펼쳐지고, 수면 아래에서 차례로 움직이며 끊임없이 서로를 따라가고 서로를 뒤쫓는 두꺼운 줄무늬들이 회색 천을 가로질러 이어졌다.

　해안에 가까워지자 줄무늬 같은 것이 차례로 일어나 서로 밀어 올리고 부서지면서, 흰 물결의 얇은 베일을 모래 위로 씻어냈다. 파도는 멈추었다가 다시 물러나며, 무의식적으로 숨을 쉬는 잠든 사람처럼 한숨을 쉬었다. 어두운 줄무늬가 수평선에 차차 분명해졌다. 마치 오래된 포도주병의 침전물이 가라앉아 유리병이 다시 초록색으로 보이는 것처럼. 그 뒤에서 하늘도 맑아졌다. 마치 하얀 침전물이 거기에 가라앉았거나, 수평선 뒤에서 쉬고 있는 여인의 팔이 등불을 들어 올리는 듯했다. 그러자 흰색, 녹색, 그리고 노란색의 평평한 줄무늬들이 부챗살처럼 하늘에 펼쳐졌다. 그러고 나서 그

271

녀가 등불을 더 높이 치켜들자, 대기는 실이 풀리듯 풀어져서 녹색의 수면에서 분리되는 것처럼 보였다. 대기는 모닥불에서 탁탁 소리 내며 타오르는 연기 나는 불처럼 실이 빨갛고 노랗게 풀리는 모습으로 깜박거리다가 활활 타올랐다. 타오르는 모닥불의 실들은 서서히 녹아들어 하나의 안개로, 그러니까 하나의 하얀 광채로 합쳐져서 양털 같은 잿빛의 무거운 하늘을 들어 올려 백만 개의 담청색 원자로 바꾸었다. 해수면은 서서히 투명해지고 잔물결이 일며 반짝거리다가 마침내 어두운 선들이 거의 다 없어졌다. 그녀는 등불을 든 팔을 천천히 더 높이, 그러고는 훨씬 더 높이 들어 올렸다. 그러자 드디어 넓게 퍼진 불길이 모습을 드러냈다. 활 모양의 불길이 수평선 가장자리에서 활활 타올랐고, 그 주위에서 바다가 금빛으로 빛났다.

빛이 정원의 나무들에 닿자 처음에는 나뭇잎 하나가, 그다음에는 두 번째 잎이 투명해졌다. 새 한 마리가 높다란 곳에서 재잘댔다. 잠시 잠잠하더니 또 한 마리가 휠씬 아래쪽에서 지저귀었다. 햇빛이 그 집 담들을 선명하게 두드러지게 하고 부채의 끝처럼 하얀 덧문 위에 깃들면서, 침실 창문에 붙어 있는 나뭇잎 아래에 푸른 그림자 지문을 남겼다. 덧문이 약간 흔들렸지만, 방 안에 있는 것은 다 은은하고 형체가 없었다. 새들은 밖에서 운이 맞지 않는 곡조를 노래했다.

\*\*\*

해가 더 높이 떠올랐다. 푸른 파도, 초록 파도가 재빨리 부채 모양으로 해변을 스치고 해안 엉겅퀴의 싹을 에워싸고는 모래 위 여기저기에 얕은 빛 웅덩이를 남겨놓았다. 미세한 검정 테두리가 뒤에 남았다. 뿌옇고 부드럽던 바위들은 굳어졌고 붉은색 깊은 주름이 가로질렀다.

선명한 그림자 줄무늬가 잔디밭에 드리웠고, 꽃과 잎 가장자리에 붙어 춤을 추는 이슬로 인해 정원은 아직 온전한 하나로 통합되지 못한 개별 불꽃들의 모자이크 같은 모습이 되었다. 가슴에 카나리아의 노란색과 분홍색의 반점이 있는 새들은 이제 스케이트 타는 사람들이 팔짱을 끼고 뛰노는 것처럼 한두 가지 선율을 아무렇게나 함께 노래하다가 갑자기 조용해지더니 사방으로 흩어졌다.

***

새벽녘에 이 나무에서, 저 수풀에서 목적 없이 산발적으로 노래하던 새들이 이제는 정원에서 새되고 날카로운 소리로 함께 합창하고 있었다. 때로는 각자 상대를 의식하고 있는 것처럼 함께, 또 때로는 담청색 하늘을 위해서 혼자서 노래했다. 검은 고양이가 덤불을 지나 몰래 빠져나갈 때, 요리사가 이글이글한 숯덩이를 잿더미 위에 쏟아부어서 고양이가 깜짝 놀랄 때 새들은 떼 지어 일제히 날아가 버렸다. 새들의 노래에는 두려움이, 고통의 느낌이, 지금 이 순간 꽉 움켜쥐어야 하는 기쁨이 깃들어 있었다. 새들은 또한 맑은 아침 공기 속에서 경쟁적으로 노래를 부르고 느릅나무 위에서 높이 날며 함께 노래했다. 그러면서 하늘 높이 맴돌 때는 서로 내쫓고 달아나고 뒤쫓고 번갈아 쪼아댔다. 그러고 나서는 쫓고 쫓기는 비상에 지쳐 매혹적으로 내려와서는 조심스럽게 내려앉아 터를 잡고 나무에 벽에 조용히 앉은 채 반짝이는 눈으로 엿보며 조심조심 경계하면서 머리를 때로는 이쪽으로 또 때로는 저쪽으로 돌렸다. 긴장하여 특정한 대상인 어떤 것에 주의를 집중한 채.

어쩌면 그것은 풀밭에서 회색 돔처럼 부풀어 오른, 테두리가 거무스름하게 타 들어가고 풀 때문에 녹색 그늘이 생긴 달팽이 집이었을 것이다. 또는, 어쩌면 새들은 흐르는 보라색 빛이 화단들 위로 펼쳐지고 그 빛으로 인해 어두운 보랏빛 그림자의 터널들이 줄기들 사이로 뚫리는 꽃들의 장관을 보았을 것이다. 또는 춤

추는 듯하지만 주저하며 분홍색 수상 꽃차례들 사이에
서 빳빳하게 번쩍 빛나는 작고 밝은 사과 잎들에 시선
을 고정시켰을 것이다. 아니면 산울타리에서 떨어지지
않고 붙어 있는 빗방울을 그 안쪽의 곡선으로 휜 집과
높게 솟은 느릅나무와 함께 보았을지 모른다. 또는 해
를 똑바로 바라볼 때 새들의 눈은 금빛 진주가 되었을
것이다.

\*\*\*

　새들은 한쪽 귀에만 대고 정열적인 노래를 부르다가
갑자기 입을 다물었다. 새들은 꼬르륵 꺽꺽 소리를 내
며 작은 지푸라기와 잔가지들을 더 위쪽 나뭇가지들의
어두운 마디로 날랐다. 금빛으로 치장하고 보라색 점무
늬가 있는 새들은 금련화 꽃차례와 라일락이 금빛과
연보라색을 흔들어 아래로 털어내는 정원에 눌러앉아
있었다. 한낮인 지금 정원은 무성하게 꽃이 피는 유일

한 곳이었기 때문이다. 그리고 햇빛이 붉은 꽃잎이나 진노랑 꽃잎을 통과해 작열하거나 털이 두꺼운 녹색 줄기에 의해 가려질 때는 다년생 식물들 아래의 터널마저 녹색과 보라색과 황갈색이었다.

\*\*\*

"이 더운 오후에" 하고 수잔이 말했다. "여기 이 정원에서, 아들과 함께 산책하는 여기 이 풀밭에서 나는 내 욕망의 정점에 도달했어. 정원 문의 돌쩌귀는 녹이 슬어서 아들이 문을 비틀어 열었어. 노새들이 뾰족한 발굽으로 때각거리며 들어오고 이탈리아 여자들이 어깨에 숄을 두르고 머리에 카네이션을 꽂고 샘물가에서 수다를 떨 때, 어린 시절의 강렬한 열정들, 지니가 루이스에게 키스할 때 내가 정원에서 흘린 눈물, 소나무 냄새가 나는 교실에서 느낀 나의 분노, 낯선 곳들에서 느낀 나의 외로움 등은 안전함과 소유와 친밀함으로 보상을 받지. 나는 평화롭고 성과가 많은 세월을 살았어. 주위에 보이는 것은 다 나의 소유야. 나는 씨앗들을 심어 나무들을 키웠어. 금붕어들이 잎이 넓은 백합들 아래 숨어 있는 연못도 만들었어. 딸기 묘상과 상추 묘상 위에 그물을 덮어 재배했고, 배와 자두를 하얀 종이봉투에 넣고 봉해서 말벌들로부터 지켜냈어. 나는 이전에 과실들처럼 작은 묘상들에 그물들로 보호된 아들들과 딸들이 실밥들을 끊어내고 키가 나보다 더 커져서 나란히 걸으며 잔디밭에 그림자를 드리우는 광경을 바라보았어.

나는 울타리가 쳐진 이곳에 나의 나무들 중 한 그루처럼 심어져 있어."

\*\*\*

흩어져 있는 나무들이 정렬했다. 나뭇잎들의 짙은 초록색은 엷어져 춤추는 빛이 되었다. 나는 어떤 갑작스

러운 문장을 그물처럼 나뭇잎들 위로 던졌다. 나는 그
잎들을 형체가 없는 상태에서 언어로 되찾았다.

# 『세월』(1937)

안으로 들어갔을 때 그들은 녹색 불빛에 눈이 부셨다. 마치 에메랄드의 구멍 안에 서 있는 것 같았다. 밖은 온통 녹색이었다. 창백한 프랑스 여인들의 조각상들이 테라스에 서서 바구니를 들고 있었다. 그러나 바구니는 비어 있었다. 여름이면 꽃들이 거기서 타오를 것이다. 푸른 잔디는 짧게 잘린 주목들 사이에 넓게 펼쳐져 아래로 강까지 이어진 다음 다시 숲으로 뒤덮인 언덕으로 올라갔다. 지금 숲 위에는 안개의 잔물결이 — 이른 아침의 옅은 안개가 깔려 있었다. 그녀가 아직 바라보고 있는 동안 벌이 그녀의 귓가에서 윙윙거렸다. 그녀는 강물이 돌들 위를 졸졸 흐르는 소리가 들린다고 생각했다. 비둘기들은 나무 꼭대기에서 꾸꾸거리며 울었다. 그것은 이른 아침의 목소리, 여름의 목소리였다. 그런데 문이 열렸다. 아침 식사가 왔다.

그녀는 식사를 했다. 등을 의자에 기댈 때 따뜻하고 기분이 고조되고 편안한 느낌이 들었다. 할 일이 아무것도 없었다. 전혀 없었다. 하루 전체가 그녀의 것이었다. 게다가 날씨도 좋았다. 방 안을 비추던 햇빛이 갑자기 더 강해지더니 바닥에 빛의 줄무늬를 펼쳤다. 햇빛이 밖의 꽃들을 비추었다. 나비, 작은 호랑나비 한 마리가 창가를 스쳐 날아갔다. 그녀는 나비가 어떤 잎에 내려앉는 것을 보았다. 나비는 거기에 앉은 채 날개를 폈다 접고 폈다 접었다. 그녀는 그 나비를 지켜보았다. 날개의 솜털은 부드러운 적갈색이었다. 나비는 다시 그곳에서 날아갔다. 그러고 나서 어떤 보이지 않는 손이 들여보낸 차우차우(중국산 개 - 옮긴이)가 의기양양하게 들어와 곧장 그녀에게 가서는 코를 킁킁거리며 치마의 냄새를 맡더니 햇빛이 드는 환한 곳에 푹 주저 앉았다. 〔…〕

그녀가 다시 내려왔을 때 햇빛은 훨씬 강해져 있었다. 정원은 이미 순수한 분위기를 잃었다. 숲의 안개는 걷혔다. 그녀는 발코니의 유리문을 지나갈 때 잔디 깎는 기계의 끽끽거리는 소리를 들을 수 있었다. 발굽에 고무 편자를 박은 조랑말이 잔디밭을 오르내리며 풀밭에 선명한 자국을 남겼다. 새들은 뚝뚝 끊어지게 노래했다. 눈부신 갑옷을 걸친 찌르레기들은 풀밭에서 이리저리 다니며 쪼아 먹고 있었다. 이슬은 떨리는 풀잎 가장자리에서 빨간색과 자주색과 금색으로 반짝거렸다. 완벽한 5월의 아침이었다.

그녀는 테라스를 가로질러 느릿하게 거닐었다. 지나가면서 그녀는 서재의 긴 유리창을 들여다보았다. 전부 다 덮이고 가려져 있었다. 그러나 그 긴 공간은 균형을 호소하면서 평소보다 더 위풍당당해 보였다. 그리고 긴 줄들에 늘어서 있는 갈색 책들은 묵묵히 위엄 있게 따로따로 스스로 존재하는 것처럼 보였다. 그녀는 테라스를 떠나 풀이 무성하게 자란 기다란 오솔길을 느릿느릿 걸어 내려갔다. 정원은 아직 비어 있었다. 한 남자가 셔츠 바람으로 나무에 뭔가 작업을 하고 있었지만, 그녀는 아무와도 말을 할 필요가 없었다. 차우차우가 그녀 뒤를 따라 활보했는데, 그 개 역시 소리를 내지 않았다. 그녀는 화단들을 지나 강으로 갔다. 그녀는 언제나 거기에서, 간격을 두고 늘어선 포탄들이 있는 다리에서 멈춰 섰다. 물은 항상 그녀를 매료시켰다. 물살이 빠른 북쪽의 강은 습지대로부터 흘러내렸다. 강은 남부의 강들만큼 매끄럽지도 녹색을 띠지도 않았고, 그만큼 깊고 평온하지도 않았다. 강은 맹위를 떨치며 급히 흘러내렸다. 빨갛고 노랗고 맑은 갈색으로 바닥의 조약돌 위로 넓게 펼쳐졌다. 그녀는 팔꿈치를 난간에 괴고 강물이 곡선을 그리며 소용돌이치는 광경을 지켜보았다. 또한 강물이 조약돌들 위에서 마름모꼴 무늬와 날카로운 화살표를 그리는 것을 보았다. 그녀는 귀를 기울였다. 강물이 여름과 겨울에 내는 소리가 다르다는 것을 그녀는 알고 있었다. 지금 강은 서둘러 움직이며 질주하듯 흘러갔다.

그런데 차우차우가 따분해하더니 계속 급히 걸어갔다. 그녀가 개를 따라갔다. 그녀는 언덕의 둥근 봉우리에 촛불77개처럼 생긴 기념비까지, 녹색 승마용 모랫길을 걸어 올라갔다. 숲을 가로지르는 오솔길마다 고유의 이름이 있었다. 파수꾼의 길, 연인들의 산책길, 숙녀들의 길 등이 있었는데, 이 길은 백작의 승마로였다. 그러나 그녀는 숲에 들어서기 전에 멈춰 서서 집 쪽을 돌아보았다. 그녀는 이미 이곳에서 몇 번이고 수없이 멈춰 섰었다. 성은 회색으로 위풍당당해 보였다. 오늘 아침에는 커튼을 치고 깃대에 깃발도 없이 잠들어 있는 것 같았다. 성은 대단히 웅장하고 무척 오래되고 항구적으로 보였다. 그러고 나서 그녀는 숲으로 걸어 들어갔다.

그녀가 나무 아래를 걸어갈 때 바람이 이는 것처럼 보였다. 바람이 나무 꼭대기들에서 노래했지만 그 아래쪽은 조용했다. 발밑에서는 낙엽들이 부스럭거렸고, 낙엽들 사이로 1년 중 가장 아름다운 연한 봄꽃들이―푸른 꽃들과 흰 꽃들이 초록색 이끼 방석 위로 떨면서 모습을 드러냈다. 봄은 언제나 슬프다고 그녀는 생각했다. 봄이 기억들을 되살려냈던 것이다. 모든 것은 사라지고, 모든 게 다 변해, 하고 그녀는 나무들 사이의 조그만 오솔길을 걸어 올라가면서 생각했다. 그 모든 것 중 어느 것도 그녀의 것은 아니었다. 그녀의 아들이 그 모든 것을 상속받을 것이다. 아들의 아내가 그녀의 뒤를 이어 이곳을 거닐 것이다. 그녀는 잔가지 하나를 부러뜨리고는 꽃 한 송이를 꺾어 입에 물었다. 그러나 그녀는 한창때여서 활기가 넘쳤다. 그녀는 계속 걸어갔다. 땅은 가파르게 오르막이 졌다. 그녀가 밑창이 두꺼운 신발을 바닥에 누르자 근육들이 강해지고 유연해지는 느낌이 들었다. 그녀는 꽃을 던졌다. 더 높이 올라갈수록 나무가 드문드문해졌다. 줄무늬가 있는 두 그루의 나무줄기 사이에서 갑자기 하늘이 유난히 파랗게 보였다. 그녀가 언덕의 둥근 봉우리에 도달한 것이었다. 바람이 멎었다. 그녀 주위로 땅이 활짝 펼쳐져 있었다. 그녀의 몸은 움츠러들고, 눈은 넓어지는 것처럼 보였다. 그녀는 땅에 드러누워, 오르락내리락하는 기복 있는 땅 너머를 점점 더 멀리 바라보았다. 그러자 마침내 저 멀리 어딘가에서 바다에 닿았다. 이렇게 높은 데서 보면 그 땅은 개간되지 않은 채 사람이 살지 않고 그 자체로 홀로 존재하고 도시들도 가옥들도 없는 것처럼 보였다. 어두운 쐐기 모양의 그늘과 빛이 드는 환한 넓은 부분이 나란히 있었다. 그러자 그녀가 바라보는 동안 빛이 움직이고 어둠이 움직였다. 빛과 그늘이 언덕들과 계곡들 너머로 이동했다. 깊은 속삭임이 그녀의 귓속에 대고 노래했다. 스스로 노래하는 땅이 홀로 합창을 했다. 그녀는 누운 채 귀를 기울였다. 그녀는 행복했다. 완전히 행복했다. 시간이 멈췄다.

# 『막간』(1941)



폰츠 홀을 지은 사람이 집을 움푹 팬 땅에 세운 것은 정말로 아쉬운 일이었지만, 그곳의 화원과 작은 채소밭들 뒤쪽에 이렇게 높은 지형들이 있었다. 자연은 집에 적합한 장소를 마련해두었고 인간은 그곳에 집을 지었다. 자연은 풀이 무성하게 자란 땅을 반 마일 정도의 길이로 고르게 준비했고, 마침내 그 땅은 수련 연못으로 가파르게 떨어졌다. 테라스는 충분히 넓어서 커다란 어떤 나무의 그림자를 고스란히 다 받아들일 수 있었다. 그곳에서는 이리저리, 나무들의 그늘 속에서 이리저리 산책할 수 있었다. 두세 그루는 바싹 붙어 있었고, 틈을 둔 나무들도 있었다. 나무들의 뿌리가 풀밭을 파헤쳤고, 그 두렁들 사이에서 녹색의 여울 같고 쿠션 같은 잔디가 자라났다. 그리고 그런 곳에서 봄이면 제비꽃이 싹 트고, 여름이면 보라색의 야생 난초들이 돋아났다.

***

"일기예보에서는" 하고 올리버 씨가 말하며 신문을 죽 훑어보다가 일기예보를 발견했다. "바람이 여러 방향에서 불고, 평균 기온은 쾌적하고, 때때로 비가 오겠다고 하네."

그가 신문을 치웠고, 그들은 모두 하늘을 쳐다보며 과연 하늘이 기상학자의 말대로 되는지 확인했다. 날씨는 물론 수시로 변했다. 정원은 푸르렀으나 곧이어 잿빛으로 변했다. 한순간 해가 뚫고 나왔다. 각각의 꽃, 각각의 잎을 사로잡는 끝없는 환희였다. 그리고 나서 해는 마치 인간의 고통을 보지 않으려고 하는 것처럼 동정심에 가득 차서 얼굴을 가리며 물러났다. 엷어지고 짙어질 때 구름들에는 불안정하고 비대칭적이고 무질서한 것이 있었다. 구름들은 자기 나름의 법칙을 따르고 있는 걸까, 아니면 어떤 법칙도 전혀 따르지 않는 걸까? 많은 구름들은 단지 하얀 머리카락 가닥들 같았다. 저 높이 멀리 있는 구름 한 점은 금빛 설화석고로 굳어졌다. 불멸의 대리석으로 만들어진 것이다. 그 저편에는 푸른색, 순수한 청색, 암청색이 있었다. 결코 아래로 스며든 적 없는 푸른색으로, 공식적인 등록에조차 누락된 색이었다. 그 푸른색은 결코 햇빛이나 그늘, 비로 세상에 떨어지지 않고 다채로운 작은 지구를 완전히 모르는 체했다. 어느 꽃도 그것을 느끼지 못했고, 어느 들판과 어떤 정원도 마찬가지였다.

***

　길은 좁았다. 아이사가 앞서갔다. 그녀는 몸이 옆으로 퍼져 길을 거의 꽉 채웠고, 걸어갈 때 몸이 살짝 흔들리며 여기저기 울타리에서 잎을 뜯어냈다.

　"그렇게 날아봐." 하고 그녀는 흥얼거렸다. "삼나무 숲의 얼룩덜룩한 무리들을 따라가봐. 거기에서 수노루가 암노루와, 숫염소가 암염소와 뛰논다. 날아가봐. 장소가 나를 붙잡는다. 슬픔 속에 홀로 있는 나는 무너진 담에서, 교회 마당 벽에서 쓰디쓴 약초를 뜯어서, 시큼털털한 잎, 달콤한 잎, 쌉쌀한 잎, 기다란 회색 잎을 엄지손가락과 나머지 손가락 사이에 넣고 이렇게 누른다……."

그녀는 지나가면서 꺾었던 흰색 클레마티스의 원추꽃차례를 내던지고 발로 온실 문을 밀쳐 열었다. 도지가 뒤처졌다. 그녀가 기다렸다. 그녀는 널빤지에서 칼을 잡았다. 그는 그녀가 손에 칼을 든 채 녹색 유리와 무화과나무와 푸른색 수국 앞에 서 있는 것을 보았다.

"그녀가 말했다." 하고 아이사가 중얼거렸다. "그리고 눈 덮인 가슴골에서 그녀는 반짝이는 칼날을 뽑았다. '찔러, 칼이여!' 하고 그녀가 말했다. 그리고 찔렀다. '배신자!' 하고 그녀가 소리쳤다. 단도, 너도! 칼날이 부러졌다. 내 마음도 그런 것처럼." 하고 그녀가 말했다.

그가 다가오자 그녀가 빈정대듯이 미소 지었다.

"그 희곡이 자꾸 머릿속을 맴돌지 않기를 바랐어요." 하고 그녀가 말했다. 그러고는 포도나무 아래 널빤지에 앉았다. 그러자 그가 옆에 앉았다. 그들 위의 작은 포도들은 파릇파릇한 꽃망울들이었다. 잎들은 새의 발톱들 사이의 가죽 막처럼 얇고 노랬다.

"여전히 그 희곡인가요?" 하고 그가 물었다. 그녀는 고개를 끄덕였다. "헛간에 있던 사람이" 하고 그가 물었다. "아드님이었나요?"

그녀는 아기 침대에 딸도 있다고 말했다.

"그런데, 결혼하셨나요?" 하고 그녀가 물었다. 그는 그녀의 말투에서 그녀가 이미 알고 있음을 느꼈다. 여자들이 언제나―모든 것을―어렴풋이 느끼는 것처럼. 여자들은 두려워할 것도, 기대할 것도 없다는 사실을 즉각 알아챘다. 처음에 그들은 온실 안의 조각상 노릇을 해야 하는 것을 분하게 여겼다. 그러고 나서는 그것을 좋아하게 되었다. 마침 생각이 떠오르는 것을―그녀가 하는 것처럼―말할 수 있기 때문이었다. 그리고 그녀가 방금 한 것처럼 그에게 꽃을 건넬 수 있기 때문이었다.

"저…… 이거, 단춧구멍에 맞을 거예요." 하고 그녀가 말하며 향을 풍기는 제라늄 잔가지 하나를 그에게 건넸다.

"윌리엄입니다." 하고 그가 말하며 털이 있는 잎을 집어 엄지와 검지 사이에 넣고 눌렀다.

"아이사라고 해요." 하고 그녀가 대꾸했다. 그러고 나서 담소를 나누었는데, 마치 평생 동안 서로를 알고 있었던 것 같았다. 그녀가 그를 알게 된 지 겨우 한 시간 정도밖에 안 되었다는 점을 고려하면, 여자들이 늘 말하는 것처럼 얼마나 기이한 일이냐고 그녀가 말했다. 그들은 숨겨진 얼굴들을 찾는 공모자들이 아닐까? 이렇게 고백한 후 그녀는 질문을 멈추고, 여자들이 언제나 그러는 것처럼 서로 그렇게 툭 터놓고 얘기할 수 있는 이유를 자문했다. 그러고는 덧붙였다. "아마 우리가 결코 만난 적이 없고 앞으로도 결코 만나지 않을 것이기 때문이겠죠."

"갑작스러운 죽음이라는 운명이 우리 위에 떠다니고

있어요." 하고 그가 말했다. "앞도 뒤도 없어요." 그는 자신에게 집 구경을 시켜주었던 노부인을 떠올렸다. "우리에게나 그녀에게나."

미래는 잎맥이 촘촘한 투명한 포도 잎을 통해 비추는 햇빛처럼, 어떤 무늬도 만들어내지 못하는 선들의 연결망처럼 현재에 그늘을 드리웠다.

# V

## 풍경의 아름다움

길 위에서

# 영국

10월은 이미 한참이나 지나 있었지만, 여전히 한결같이 따스했고 그로 인해 초여름 몇 달간 무르익지 않은 채 생겨나던 끊임없는 열기가 변덕스럽게 느껴졌다. 땅의 넓은 지역이 지금 가을 햇살 아래 놓여 있었고, 잉글랜드 전역은 벌거벗은 황무지에서부터 콘월 지방의 암석 지대에 이르기까지 새벽부터 해가 질 때까지 환히 빛났고, 노란색과 녹색과 보라색 줄무늬들로 휘황찬란했다. 그런 빛을 받으면 대도시의 지붕들마저 반짝거렸다. 수천 개의 작은 정원들에는 수백만 송이의 검붉은 꽃들이 만개했다. 그래서 결국 그 꽃들을 아주 소중히 가꿔온 노부인들이 가위를 들고 정원 산책로를 내려가 물오른 꽃자루들을 잘라서 마을 교회의 차가운 석조 선반 위에 놓았다.

『출항』에서 발췌

정원은 지금 천국 같아? 런던의 도로들조차 오늘은 정원 같네. 그러니까 강아지풀과 수선화의 밭들을 지나

걸어 다녀봐야 해. 〔…〕 스패로이$^{Sparroy}$(버지니아 울프의
별명)를 위해 꽃을 심어봐. 팬지나 물망초, 아니면 감아
오르고 사철 푸르른 상록의 식물 같은 것을 말이야. 그
건 많은 식물의 전형적인 모습이지. 〔…〕 시골의 봄은
깨끗한 욕실 같아.

1903년 4월 10일자 바이올렛 디킨슨에게 보낸 편지

## 뉴 포레스트New Forest (잉글랜드 남부의 국립공원 – 옮긴이)

숲은 무척 온화하고 기분이 좋다. 숲은 우리가 바랄
수 있는 모든 것을 주지만, 자신을 넘어 먼 곳을 가리
키지는 않는다(자신의 능력 이상을 보여주지는 않는
다). 그곳에는 녹색의 긴 차도가 있고, 하늘 앞에는 그
물 모양으로 얽힌 가지가 있다. 대칭의 균형이 싫증 날
때면 야생의 옥외 빈터가 나오는데, 거기에는 드문드문
한 느릅나무와 가시나무, 그리고 블랙베리 덤불과 습지
가 있다. '무척 야생적이고—무척 자유롭고—무척 인
상적이고—무척 중세적이다.' 이런 찬사를 해야 하고,

그것도 기꺼이 해야 하지만, 적절한 단어가 없어 입 밖에 내지 못하고 남아 있는 것은 없다. 솔직히 말하면, 그 숲은 약간 관리가 되어 있고 또 조금은 길들여져 있다. 켈트인의 신비주의가 전혀 없이 앵글로색슨 풍이다. 살랑살랑 소리가 나고 꽃이 만발했으며, 인상적이고 장식적이다. 우리는 숲을 더 이상 필요로 하지 않는다. 하지만 비록 그 안에 있었던 옛 정령이 사멸했다 하더라도 숲에 대한 필요성은 경건하게 보존된다. 그래서인지 이 지역과 그 숭배자들에게는 언제나 인위적인 구석이 있다. 여기에는 여전히 힘들게 일구어야 하는 급경사의 험준한 비탈밭도 없는 것처럼, 남자든 여자든 제대로 된 농부도 보이지 않는다. 그렇다, 이곳의 농부들은 오히려 숲과 그곳의 풍속을 잘 알고 있는 사람들처럼 행동한다. 그리고 그 풍속 또한 의식적으로 회화적으로 꾸며진 것이다. 이런 태도의 상당 부분은 아마 불가피할 것이다. 왜냐하면 이 숲은 잉글랜드의 모든 다른 지역과 구별되고, 그에 맞는 다른 방식의 일상생활을 요구하기 때문이다. 적어도 내게는 이렇게 여겨진다. 예컨대 바깥세상으로부터 물러나, 나무들로 이루어진 두터운 고리에 둘러싸였다고 느끼기 쉽다고 말이다. 기복이 심한 땅은 들어가지 못하게 폐쇄되었고, 어디로 몸을 돌리든 어쩔 수 없이 나무들 사이의 좁은 길로 들어서게 된다. 〔…〕 우리는 뽀드득 소리가 나는 하얀 도로를 지난 다음 잎의 색이 짙은 상록수 아래를 걸어갔다. 여기에는 붉게 타오르는 딸기류가 있었다. 그리고 가지란 가지에는 다 눈 설탕이 뿌려져 있었다. 그러고는 날이 저물었고, 뚜렷하게 두드러지는 검은 나무들과 함께 찬란한 저녁 하늘이─이글거리며 청명하고 생생하게─빛났다. 그런데 북쪽 늪지의 컴컴한 물결이나 콘월의 우울한 절벽이 그립다. 그곳에서는 바람과 바다의 소리가 들린다.

일기, 1906년 크리스마스, 「버지니아 울프와의 여행」에서 발췌

**레인 앤드**Lane End, **뱅크**Bank, **린드허스트**Lyndhurst, **햄프셔**Hampshire

여기는 날이 몹시 추워. 그래서 에이드리언은 사냥을
갈 수 없었어. 대신 우리는 산책을 했어. 어제 나는 길
을 잃었고, 너무 지쳐서 집에 오는 바람에 글을 쓸 수
가 없었어. 다시 한번 더 내 말을 믿어. 나무가 인간보
다 나아.

1906년 12월 28일(?)자 바이올렛 디킨슨에게 보낸 편지

날이 너무 추워서 우리가 난롯가를 거의 떠날 수 없
을 정도야. 에이드리언은 매일 아침 각반을 두른 채 내
려와 지팡이로 땅을 쿡쿡 찔러보곤 해. 그러면 땅이 쇳
소리처럼 울리지. 그러면 사냥은 없고 우리는 오후에
산책을 가. 빗살 모양으로 얼어붙고 또 얼음으로 뒤덮
인 길을 지나서 말이야. 무척 아름답고 고요해. 우리는
아무도 만나지 않아. 가끔 사슴을 만날 뿐이야. 그러고
는 일몰을 보게 돼. 그러면 모든 나무의 우듬지가 빨갛
게 물든 것처럼 보이고, 나무들은 하늘을 배경 삼아 빗

질된 것처럼 서 있어. 그래서 우리는 자연이 가끔은 좀 잘난 체하는 건 아닌지 자문하게 돼. 숲은 매번 나를 실망시켜. 너무 단정하고 너무 그림 같거든.

1906년 12월 30일(?)자 바이올렛 디킨슨에게 보낸 편지

### 가싱턴Garsington, 옥스퍼드 근처의 저택

무슨 까닭인지는 모르겠지만 나는 정말로 대단히 만족했다. 침대는 겹겹이 쌓인 무척 푹신한 잔디 같다는 느낌을 주었다. 그리고 정원은 회색의 직사각형 저수지와 장밋빛 농가, 부드러운 회백색 돌과 엄청 크고 부드럽고 빽빽한 초록색 주목 울타리가 있어서 거의 멜로드라마처럼 완벽하다. 우리는 이 길들을 따라 걸어 다녔다.

일기, 1918년 7월 29일

### 워딩, 웨스트 서식스Worthing, West Sussex

우리는 경마장 근처의 너도밤나무 숲으로 갔다. 나는

이런 숲들을 좋아한다. 몸 위를 초록의 물이 에워싸는 것 같다. 그 위에 해가 있는 데는 무척 얕게. 그늘에서는 무척 깊게. 그리고 나는 몹시 복잡하게 서로 얽혀 있는 너도밤나무 가지를 좋아한다. 팔이 많은 것 같다. 그리고 교회의 석조 기둥 같은 줄기도 좋아한다.

일기, 1929년 6월 23일

## 와데스돈, 버킹엄셔Waddesdon, Buckinghamshire

어제 존슨 씨〔수석 정원사〕와 함께 와데스돈 온실을 지나갔다. 두서너 개의 빨간색 줄이 모래에 뿌리박고 있었다. 시클라멘이 수백 개씩 무더기로 있었다. 철쭉은 군악대처럼 빽빽이 붙어 있었다. 카네이션은 생장 단계가 각기 달랐다. 포도나무는 부지런한 남자들이 가지치기를 했다. 40년 이상 된 것은 없지만 이제 완벽할 정도로 정돈되었다. 무화과나무는 곧게 뻗은 일정한 수천 개의 가지가 달려 있었다. 큰 천에 싸인 조각상들은 죽은 말들처럼 보였다. 전부 다 죽은 듯했다. 만들어지고 심어지고 1880년에 이렇게 위치가 정해졌다. 이렇게 있는 수십 송이보다 꽃이 핀 딱 한 송이가 더 큰 즐거움이었을 것이다. 그리고 더위, 질서와 정확성과 체계적인 구조가 있었다. 존슨 씨는 딱딱하고 빨갛고 익은 천도복숭아 같다.

일기, 1930년 4월 11일

나는 와데스돈 온실에 대해 이렇게 메모하려고 했다. 거기에 줄지어 선 수국들이 있었는데, 대부분 짙은 청색이었다. 맞아요, 하고 존슨 씨가 말했다. 키치너 경이 와서, 우리가 수국을 어떻게 푸르게 만드는지를 물었어요……. 나는 땅에 뭔가를 넣어둔다고 말했다. 그는 자기도 그렇게 한다고 말했다. 하지만 세심하게 주의를 기울이는데도 가끔은 수국에 작은 분홍색 기미가 엷게 생긴다고 했다. 앨리스 양은 그런 꼴을 참지 못했다. 분홍색 낌새만 보여도 만족하지 않았다. 그리고 그는 우리에게 청색의 꽃잎들이 달린 수국 한 송이를 보여주었다. 아니, 앨리스 양은 그것도 만족하지 않을 거라고 했다. 나는 이 얼마나 미친 짓인가 하는 생각이 들었다. 그리고 존슨 씨의 정신을 수국의 청색에 고정시키고 그에게 수국의 청색만 생각하도록 최면을 거는 것은 얼마나 쉬운가. 그는 매일 그녀를 보러 갔다. 왜냐하면 그녀가 거의 아무도 손님으로 맞이하지 않았기 때문이다. 그들은 두 시간 동안 식물과 정치에 대해 담소를 나누었다. 수국의 청색 때문에 미쳐서 더는 다른 어떤 것도 생각하지 않게 되기가 얼마나 쉬운가.

일기, 1930년 4월 13일

### 캠브리지 근처의 머튼 홀 Merton Hall

새 펜이다. 하지만 가끔씩은 인간들을 묘사하고 싶어진다. 그럴 때 로스차일드가를 찾아가는 우리의 방문은 이미 내 머릿속에서 희미해진다. 우리는 목요일에 그곳으로 갔다. 4시 30분경에 출발하여 무척 광활한 풍경을 지나갔다. 내가 보리밭 한가운데 있는 집에 정착함으로

305

써 늘 경의를 표해 마지않는 풍경이었다. 도로는 울타리가 쳐져 있지 않은 탁 트인 들판을 지나간다. 잉글랜드의 밭들은 왜 언제나 울타리로 둘러싸여 있을까? 그렇지 않으면 훨씬 더 좋을 텐데 말이다. 그런 다음에 머튼 홀로 갔다. 낡은 회색 집으로, 절반은 예배당이거나 대학교였다. 또 절반은 어느 부유한 젊은 부부의 일상적인 생활 터전이었다. 새끼 고양이 네 마리와 병약하고 안쓰러운 비단원숭이 한 마리가 있었다. [⋯] 그 다음에 우리는—잼 케이크처럼 합쳐진—정원을 지나 산책했다. 안에 각각의 꽃들이 있고 회양목으로 둘러싸인 작은 정사각형 화단들이었다. 돌보지 않은 호화로운 정원이었다.

일기, 1934년 7월 21일

# 아일랜드

## 골웨이Galway

이렇게 바람이 부는 날에 내가 만들어낸 문장은 이렇다. 구름이 옷자락을 걷어들고 빛줄기를 풀어준다. 우리는 아란 제도Aran Islands(골웨이 만 입구에 있는 3개의 섬 - 옮긴이)가 건너다보이는 절벽에서 밝은 청색의 용담 꽃을 꺾었다. 비가 오고 구름이 꼈지만 이것이야말로 우리에게는―바다로 향하는―최고의 노선이었다. 오렌지색과 황백색의 오두막집 한두 채가 있는 거친 황무지의 물결 너머로 보이는 전망. 바다는 푸르거나, 돌 같은 색이거나 새까맣다. 물결이 머리를 뒤로 젖힌다. 해조류를 채취하여 손수레에 쌓아 올리는 사람들. 극심한 가난.

일기, 1934년 5월 4일

# 스코틀랜드

우리는 하이랜드<sup>the Highlands</sup>를 지나갔는데, 거기에는
나무들을 비추고 있는 호수가 있었어. 내가 생각하는
것처럼, 그 풍경이 아름다움을 극한으로 몰고 갔어. 그
아름다움을, 넋을 잃는 황홀함을 표현할 수 있을지 의
심스러워. 녹색과 자색의 나무들이 완전히 고요한 호
수 한가운데 거꾸로 매달려 있고, 그 주변은 온통 녹색
이야.

1938년 6월 26일자 에델 스미스에게 보낸 편지,

「버지니아 울프와의 여행」에서 발췌

# 네덜란드

### 위트레흐트Utrecht

그러니까 우리는 여기 네덜란드 한가운데 있어. 지금까지는 모든 게 완벽했어. 태양은 빛나고, 어떤 닭을 차로 친 것을 빼면 오늘까지 어떤 사고도 없어. 그러나 그 사고는 닭 자신의 탓이었어. 그럼에도 운전은 무척 힘들어. 도로가 너무 좁거든. 그리고 자전거를 타는 수많은 사람이 있어. 제비 떼와 셀 수 없이 많은 경주용 자동차처럼. 〔…〕 암스테르담, 도르드레흐트Dordrecht, 주트펜Zutphen, 하를렘Haarlem 등에 있었어. 모든 게 바로 그 옆쪽에 있어. 내 생각에는 도시들이 불과 밭 여섯 뙈기 정도 서로 떨어져 있을 뿐이야. 그곳에서 최고는 건축의 아름다움이야. 그리고 온갖 색깔의 차양과 도랑과 튤립, 그리고 물에 비친 모습이 눈물을 흘리는 꽃나무—이걸 이런 식으로 말할 수 있을까? 〔…〕

이곳의 물가는 무척 비싸. 그래서 우리가 다른 어떤 곳에서 3주를 보냈을 때보다 일주일 동안 돈을 더 많이 쓴 것 같아. 그리고 인간적인 아름다움은 많지 않지만,

온갖 미덕이 있어. 청결과 성실 등등. 형편없는 커피,
맛있는 쿠키. 암소들은 바래지 않은 캔버스의 색을 지
녔어. 그리고 믿을 수 없을 정도로 아름다운 것은 도로
와 물과 목초지와 거룻배와…… 인데, 나는 이 문장을
끝내지 못할 거야. 더 이상 글자를 쓸 수 없을 만큼 피
곤하거든. 나는 그저 네가 튤립밭과 수선화밭을 그려야
한다고 말할 수밖에 없어. 전부 다 평평하게 펼쳐진 그
곳에는 오고 가는 약 20마일에 걸친 하천, 양 열여덟
마리, 풍차 여섯 대, 가라앉는 해, 떠오르는 달이 있어.

1935년 5월 7일자 바네사 벨에게 보낸 편지

# 프랑스

### 카시스 Cassis

방금 카시스에서 돌아왔다. 〔…〕 나는 카시스가 결국 내 마음속에서 어떤 형태로 밀려올지 궁금하다. 거기에는 바위들이 있다. 우리는 아침을 먹고 나서 밖으로 나가 햇빛을 받으며 바위에 앉아 있었다. L은 언제나 모자를 쓰지 않은 채 앉아 무릎을 꿇고 글을 썼다. 어느 날 아침에는 성게 하나를 발견했다. 성게는 빨갛고 살짝 떠는 가시들이 있다. 그러고 나서 우리는 오후에 산책을 했다. 곧장 언덕을 지나 숲으로 갔다. 그곳에서 우리는 어느 날 자동차 소리를 들었고, 바로 아래쪽에서 라 시오타 La Ciota로 향하는 도로를 발견했다. 돌투성이이고 가파른 데다 무척 뜨거웠다. 한번은 새가 내는 것처럼 시끄럽게 깍깍대는 소리가 들렸는데, 나는 개구리들이 떠올랐다. 깃 모양의 붉은 튤립이 들녘에 피어 있었다. 모든 밭은 언덕을 깎아 각이 지게 만든 작은 평지들이었고, 포도나무가 늘어서서 이랑을 이루었다. 꽃망울을 터뜨리는 과일나무의 꽃가지들로 인해 여기

저기 전부 다 붉고, 분홍빛이고, 보랏빛이었다. 이곳저
곳에 있는 흰색이나 노란색 또는 파란색으로 칠해진
각진 집은 창의 덧문이 꽉 닫혀 있었다. 주변의 평평한
길과 한 줄로 늘어선 비단향꽃무. 비할 데 없는 깨끗함
과 단호함이 어디에나 있었다.

일기, 1925년 4월 8일

**카시스, 빌라 코르시카**Cassis, Villa Corsica

나는 간신히 발코니의 그늘 속에서 쓰고 있어. 모든
게 다 밝은 노란색과 새까만 색으로 나뉘어져 있어.
〔…〕 우리는 모두 완전한 침묵 속에 앉아 있어. 우리 중
에서는 바네사와 던컨이 다음 발코니에서 빵, 오렌지,
포도주병이 있는 가장 아름다운 그림을 그리고 있어.
온통 빨간색과 흰색의 데이지와 팬지 다발투성이인 정
원에서는 정원사가 완전히 바싹 마른 땅을 일구고 있
어. 게다가 지중해도 있고, 내가 바라보고 있는 헐벗은
회색의 민둥산도 몇 있어. 나는 햇볕에 살갗을 그을리

면서, 비타는 이 순간 이런 언덕들을 오르고 있겠지, 하고 생각해.

1927년 4월 5일자 비타 섹스빌웨스트에게 보낸 편지

## 레 로쉬 Les Roches

어제는 산책을 했다. 우리는 지도의 크기를 잊었다. 샹파냑Champagnac이 우리에게는 너무 과하다고 여겨졌다. 우리는 레 로쉬에서 길을 잃었다. 푸른 잔디밭에 나무들과 담장을 두른 정원이 있는 낡은 집으로 갔다. 아, 여기서 살아야 해, 하고 우리는 말했다. 카시스보다 훨씬 더 미묘하고 부드럽고 사랑스럽다. 땅은 잔디밭처럼 평평하고 푸르다. 몸을 떠는 길쭉하고 유충이 막 부화한 포플러들이 있다. 그러고는 내가 무척 좋아하는 꽉 짜낸 녹색의 언덕과 우리가 따라서 걸어가는 강이 있다. 무척 깊은 강은 마치 푸른색 뇌운을, 목초지를 받아들여 무심코 빙글빙글 돌리고는 계속 흘러가는 것처럼 낭만적이다. 갈대숲에는 자줏빛 용담 다발이 있

다. 엘리자베스 시대의 초원, 앵초, 블루벨. 그런데 천둥이 우르릉 쾅 소리를 내기 시작했다. 우리는 뛰어가서 무너진 아치 같은 데서 피할 곳을 찾았다.

일기, 1931년 4월 25일

# 이탈리아

물이 납처럼 바위 턱에서 떨어졌다. 마치 두껍고 하얀 연결 고리들이 달린 쇠사슬처럼. 기차는 가파른 푸른 초원 위를 내달렸고, 제이콥은 이탈리아에서 줄무늬가 있는 튤립들이 자라고 있는 것을 보고 새가 노래하는 소리를 들었다.

이탈리아 장교들로 꽉 찬 자동차 한 대가 평평한 도로를 따라 달리며, 기차와 동시에 먼지를 계속 일으켰다. 그곳에는 나무들이 포도 덩굴들과 얽혀 있었다. 버질이 말한 것처럼. 여기는 기차역이었고, 엄청난 작별이 벌어지고 있었다. 노란색 장화를 신은 여자들과 줄무늬가 있는 짧은 양말을 신은 특이하고 창백한 젊은이들에게서 볼 수 있는 일이었다. 버질의 벌들은 롬바르디아 평원을 이리저리 날아다녔다. 느릅나무 사이에 포도나무를 기르는 것은 오래된 관습이었다. 그리고 밀라노에는 날개 모양이 날카로운 밝은 갈색의 매들이 있었는데, 지붕 위의 조각상을 가르고 나아갔다.

이 이탈리아 기차의 객실들이 오후의 햇볕을 받으며

몹시 뜨거워진다. 그러면 사람들은 기관차가 고갯길 정상에 도달하기 전에 쩔그렁 소리를 내는 쇠사슬이 끊어질까 두려워하지 않을 수 없다. 고갯길은 인공적으로 만든 경관 속 축소 모형 철도처럼 위쪽으로, 위쪽으로, 위쪽으로 이어진다. 모든 둥근 산봉우리는 뾰족한 나무들로 덮여 있고, 뜻밖의 흰색 마을들이 절벽의 돌출 바위들에 몰려 있다. 제일 높은 곳에는 언제나 지붕들이 편평하고 붉게 주름진 하얀 탑이 하나 있고, 그 아래쪽으로는 갑자기 깊어진다. 차를 마신 후 산책할 수 있는 땅이 아니다. 우선 풀밭이 없다. 산비탈은 온통 올리브 나무로 뒤덮여 있다. 4월인데 이미 올리브 나무들 사이의 흙은 잘게 부서져 마른 먼지가 되었다. 그리고 울타리가 쳐진 비탈길도, 사람들의 발길에 생긴 좁은 오솔길도, 나뭇잎 그림자로 점철된 들길도, 달걀에 햄을 곁들여 먹을 수 있는 내닫이창이 달린 18세기 식 시골 여인숙도 없다. 오, 아니다. 이탈리아는 완전히 그 자체로 야생이고 황량하고 무방비 상태이며, 검은 옷을 입은 사제들이 길을 따라 발을 끌며 걸어가는 그런 곳이다.
또 사람들이 결코 시골집에서 벗어나지 못하는 것도
기이하다.

『제이콥의 방』에서 발췌

### 페루자 Perugia

여기 앞쪽 입구로 나가면 바다 위 산책로가 나올 것
같다. 난간의 흰색 기둥들 사이를 푸른 안개가 가득 채
운다. 사람들이 서로 기댄 채, 흔히 바닷가에서 하는
것처럼 저 너머를 바라다본다. 그러나 실제로는 그 아
래쪽에 좀 더 깊이 가라앉은 메마른 땅이 있다. 구불구
불한 포도밭과 올리브 나무숲이 있고, 하늘로 우뚝 솟
은 언덕들은 우리의 머리와 같은 위치에 있는 것처럼
보인다. 일몰 때는 물론 엄청난 광경이 펼쳐진다. 플라
밍고 같은 다홍색과 곱슬곱슬한 깃털 형태의 구름, 그
위에 줄무늬가 생긴 진홍색 표면. 언덕은 불타는 용광
로를 배경으로 도드라져서 그 좁은 나무 가장자리가

317

눈에 보일 정도이다. 그렇지만 나는 연한 녹색과 갈색, 그리고 그중 가장 밝게 빛나는 도로의 흐릿한 유백색 광택이 있는 전경을 가장 좋아한다.

차를 마신 후 우리는 동네 사람들이 하는 대로 거리를 쏘다니는 대신 우리 집 창문에서부터 따라갈 수 있는 길들 중 하나를 택해 계곡으로 내려간다. 좁다란 길들이 계속 갈라져서 포도밭 사이로 이어진다. 길들은 돌투성이이고, 연어 색을 띠는 불그스레한 사각형의 조그만 농장들을 지나간다. 이탈리아 농부들이 쟁기로 아주 오래된 것처럼 보이는 땅을 갈고 있다. 땅이 대단히 갈색인 데다 메말라서, 덩어리들을 한데 붙들고 있던 기름기 마저 다 구워져 날아가버렸음이 틀림없었다. 몸집이 육중하여 굼뜨고 무척이나 관조하는 듯한 황소 두 마리가 이 서툰 작업을 행하고 있다. 갈색과 회색의 풍경 속에서 황소들은 크림 같은 흰색이라는 이유만으로도 상당히 중요하다.

그것은 내가 움브리아Umbria 포도밭을 잉글랜드의 포도밭과 비교하기 때문일 것이다. 즉, 내가 이 풍경에 어울리는 이미지를 아주 천천히 찾아가고 있는 것이다. 그 구분들이 처음에는 혼란스럽게 보였다. 나는 외딴곳도 황무지도 보지 못했다. 그늘을 드리우는 깊숙한 나무 군락도 풀이 높이 자란 밭도 없었다. 땅은 초목이 없는 특유의 헐벗은 상태로 돌투성이이다. 오래된 장밋빛 벽돌로 된 부서지기 쉬워 보이는 곡식 창고들이 여기저기에 드문드문 있다. 그리고 아마도 노부인들이 앉아서 옥수수의 껍질을 벗기는 성문 통로가 있을 것이다. 우리의 농장들만큼 아늑한 느낌이 드는 곳은 이곳에 없다. 그러나 이 지역은 아름답다. 지금 초록색인 동시에 하늘을 배경으로 다시 검게 보이는 뒤틀린 작은 나무들이 줄지어 가득하다. 멀리 보이는 산꼭대기들은 온갖 크기의 텐트들이 있는 야영지처럼 마음을 끈다. 여기 우리 앞으로 길쭉하게 생긴 온갖 탑들과 쌓아 올린 사각형 마름돌들의 실루엣이 드리워지는 언덕에 페루자가 자리하고 있다. 여기에는 부드러운 어떤 것도, 불분명한 어떤 것도 없지만, 나는 울퉁불퉁한 작은 나무들과 선명하게 그어진 윤곽이 있는 이 땅이 주위의 모든 다른 경관을 금세 지루해지게 만드는 특성이 있음을 깨닫기 시작한다. [⋯]

우리는 무척 느긋하게 여행하는 사람들이다. 오전에는 교회나 미술관을 들여다보고, 차 마실 시간이 될 때까지 그늘이 많은 곳에 앉아 있다. 그리고 우리가 하는 신체적 활동은 일몰 때 여유 있게 하는 편안한 산책이 전부이다……. 우리는 산들이 커다란 구름 덩어리를 떠받치고 있는 일이 아주 드물지만 곧 푸르스름해지는 〔움브리아의〕 산들에 둘러싸여 있다. 우리가 있는 언덕의 나무들은 마치 붓으로 그 위에 노란색 물감을 칠한 것처럼 타오르듯 빛난다. 바람이 살짝 일고 저녁 식사 시간이 될 때까지 그 자리에 앉은 채 낮의 더위가 물러가게 두는 것은 대단히 기분이 좋다. 정원에는 풍만한 노란색 꽃봉오리가 달린 꽃들이 있고, 장미 모양 리본으로 장식된 나무들이 있다. 이 꽃과 나무 들이 그런 화려함을 지닐 수 있기에는 다만 잎이 적을 뿐이다.

일기, 1908년 9월, 「버지니아 울프와의 여행」에서 발췌

## 빌라 산 제르바시오 Villa San Gervasio

　그들은 여러 번 짧은 나들이를 했지만, 장거리 여행
은 하지 않았다. 집 아주 가까이에서 야생으로 자라는
꽃이 피는 나무들 때문만으로도, 그리고 바다와 육지의
눈부신 빛깔들 때문에라도 이곳으로 올 만한 가치가
있었다. 대지는 갈색이 아니라 붉은빛과 자줏빛과 초록
빛을 띠었다. "내 말을 믿든지 말든지" 하고 그녀가 덧
붙였다. "잉글랜드 전역에서는 그런 빛깔들을 보지 못
해." 실제로 그녀는 그 보잘것없는 섬에 대해 거만한
어조로 말했다. 몸을 떠는 크로커스들과 서리에 위협받
는 제비꽃들이 이제 그곳의 모퉁이들과 덤불들과 한적
한 구석들에서 과감히 모습을 드러냈다. 그곳을 세심하
게 돌보는, 살갗이 발그레하고 목에 목도리를 두른 늙
은 정원사들은 끊임없이 모자를 조금 올려 인사하며

고분고분 고개를 끄덕였다.

『출항』에서 발췌

### 피렌체 Florenz

지금 피렌체에서 그때까지 그를 속박한 족쇄의 가느다란 마지막 가닥들이 그에게서 떨어져 나갔다. 해방의 순간은 어느 날 카시네 정원들에서 찾아왔다. "곳곳에서 꿩들이 날아오르는 에메랄드빛 풀밭" 위를 질주할 때 플러시는 불현듯 리젠트 파크와 "개들의 목에 줄을 매고 다녀야 한다."라는 안내 표지판이 생각났다. "목에 줄을 매고 다녀야 한다."라는 글귀가 지금 어디 있지? 지금 목줄은 어디 있지? 공원 관리인과 곤봉은 어디에 있지? 개 도둑들과 애견 협회들과 부패한 귀족계급의 스패니얼 협회와 함께 사라졌다! 사륜마차들과 말한 필이 끄는 마차들과 함께 사라졌다! 화이트채플과 쇼디치와 함께! 그는 달리고 쏜살같이 질주했다. 털이 번쩍이고 눈이 이글거렸다. 그는 이제 온 세상의 친구였다. 모든 개가 그의 형제였다. 그는 이 새로운 세상에서 목줄이 필요하지 않았다. 어떤 보호도 필요하지 않았다. 브라우닝 씨가─그와 플러시는 이제 마음을 터놓은 친구였다─제때 산책할 준비가 되어 있지 않으면, 플러시가 그를 강하게 재촉했다. 브라우닝 부인은 플러시가 "남편 앞에 서서 가장 남자답게 짖어대죠." 하고 약간 짜증스럽게 말했다. 자신과 플러시와의 정서적 관계에 대한 공감이 예전보다 적어졌기 때문이다. 그녀는 자신이 체험하지 못했던 것들을 대신 채워주었던 그의 붉은 털과 빛나는 눈이 더 이상 필요하지 않았다. 그녀는 포도밭들과 올리브 나무들 사이에서 자신의 목신牧神(염소의 뿔과 다리를 가진, 음악을 좋아하는 숲과 목양牧羊의 신 ─ 옮긴이)을 찾아냈다. 그 목신은 때때로 저녁에 소나무 장작불 곁에도 함께 있었다. 그래서 브라우닝 씨가 꾸물거리면 플러시는 일어서서 짖어대듯 큰 소리로 말했다. 그러나 브라우닝 씨가 집에 머물며 글을 쓰기를 더 원한다 해도 그것은 별문제가 되지 않았다. 이제 플러시는 남에게 의존하지 않았다. 등나무와 나도싸리가 만개하며 담장들을 덮었고, 박태기나무들은 정원에서 밝게 타올랐다. 야생 튤립들은 들판에 흩어져 있었다. 그가 왜 기다려야 할까? 그는 이미 혼자 사라졌다. 그가 이제 자신의 주인이었다.

『플러시』에서 발췌

### 로마

나는 틀림없이 이곳에서 쉴 거야. 여기는 나의 온갖 기대를 뛰어넘어. 오늘은 금요일이고, 볼 만한 모든 명소가 문을 닫았어. 그래서 우리는 그저 정원에 앉아 있다가 산책하면서 성베드로대성당으로 갔어. 로마가 모든 다른 도시들을 능가한다는 느낌이 왜 들었는지는 모르겠어. 일부는 색깔 때문이라고 생각해. 완벽한 날이야. 꽃이란 꽃이 다 마침 모습을 드러냈어. 오솔길에는 커다란 철쭉 덤불들이 있어. 유다나무, 사이프러스, 잔디밭, 조각상 들도 있는데, 그 사이를 베일과 레이스가 달린 앵초색과 장미색의 비단옷 차림을 한 이탈리아 유모들이 천천히 걸어 다니고 있어. 나는 거기에 더해 마음먹었던 대로 프루스트를 (그는 단연코 가장 위대한 현대소설가이고, 나는 네가 독서에 관심을 기울인다면 언젠가 너에게 그를 알려주는 게 그럴 만한 가치가 있을 거라고 생각해) 읽는 대신, 물고기처럼 잎들과 꽃들 사이를 구불구불 지나 엽록소까지 등적색으로 물든 거대한 질그릇 안에서 헤엄쳐 다니는 기분을 느끼고 있어. 그것은 기막히게 아름다워.

1927년 4월 21일자 바네사 벨에게 보낸 편지

일요일에 우리는 로마 주변의 평원을 빈들거리며 돌아다녔어. 프랑스도 아주 괜찮고 잉글랜드도 완전히 괜찮겠지만, 나는 이곳처럼 아름다운 곳을 여태껏 본 적이 없어. 우리가 뜨거운 햇볕을 받으며 어느 초원에 있는 로마의 폐허로 들어가는 문턱에 앉아 있는 모습을 상상해봐. 산들을 배경으로 은빛을 띤 포도색의 맑고

푸른 하늘 앞에 매 색깔의 성문 아치들이 있어. 그리고
다른 쪽에는 아몬드색 농장과 황소와 양 들이 있는 푸
르고 초록색의 평원뿐인데, 무너져 내린 또 다른 성문
아치들, 풀밭에 떨어진 대리석 덩어리들, 칼처럼 생긴
엄청나게 큰 알로에들, 깨진 항아리들 사이에서 서로
부둥켜안은 연인들이 있어. 너도 네미를 본 적이 있을
거야. 우리는 호수 위에 걸쳐 있는 레스토랑에서 식사
했어. 호수는 거의 둥근 형태이고 무척 깊어. 그 안에
가라앉은 로마의 배들이 있고, 색깔이 처음에는 올리브
나무색이었다가 그다음에는 에메랄드빛으로 바뀌어.
구름이 상당히 많이 꼈네. 그래서 색깔들이 계속해서
아주 서서히 달라지고 있고, 호수 주위로는 말과 염소
들이 있는 작은 오솔길이 있었어. 식사 후에 우리는 내
려가서 야생 시클라멘과 물이 찰랑거리는 대리석상을
발견했어. 아, 아. 그래서 그쪽으로 가서 블룸스버리
Bloomsbury의 어느 지하층에 앉아 있어.

1927년 4월 26일자 바네사 벨에게 보낸 편지,

「버지니아 울프와의 여행」에서 발췌

이것은 묘사에 불과할 것이다. 내가 말하는 묘사란 작고 푸른 언덕 꼭대기들, 흰 소들, 포플러들, 사이프러스 나무들, 그리고 여기서부터 수도원까지 이어지는 조각되고 빚어지고 무한히 음악적이고 눈부시게 빛나는 녹색 풍경에 대한 것이다. 우리는 오늘 거기로 갔지만 그것들을 찾을 수 없어서 친절하고 고단한 농부들에게 차례로 물어보았다. 그러나 주변 4마일 이상 아무도 없어서 결국 돌을 쪼개는 일꾼에게 갔는데 마침 그가 그것을 알고 있었다. 〔…〕 우리는 이야기를 할 수 있기 때문에 환대를 받는다. 우리가 갔을 때 그들은 우리를 둘러싸고 우리에 대해 이야기한다. 친절한 어린 소년들과 소녀들 무리가 언제나 우리 가까이 다가와, 손짓을 하고 모자를 들어 인사한다. 그리고—우리들 말고는—아무도 경치에 주목하지 않는다. 오늘 저녁, 유가니언 힐

327

스는 뼈처럼 흰색이었다. 그러고는 불그레한 빛을 띤 농가 한두 채가 있었다. 그리고 그림자의 바다 여기저기에서 헤엄치는—비가 왔기 때문이다—빛의 섬들, 그 다음에는 농장들 주위에 사이프러스 나무들의 검은색 줄무늬들이 있었다. 모피의 깔쭉깔쭉한 부분들처럼. 포플러들, 개울과 나이팅게일의 노랫소리, 오렌지 꽃들의 갑작스러운 떨림, 이리저리 흔들리는 턱을 가진 하얀 석고 황소들—주둥이 아래 늘어져 있는 하얀 살가죽의 커다란 주름들, 그리고 한없는 공허, 고독, 고요. 새집이나 마을도 전혀 없고, 포도밭들과 올리브 나무들만 늘 있던 곳에 있었다. 언덕들은 담청색이 되어, 하늘을 배경으로 무척 선명하고 하얗게 되었다. 연달아 이어지는 언덕들.

일기, 1933년 5월 15일


  아, 이곳저곳 풍경은 여전히 아름답다. 예를 들어 첫 날 아침 로마에서 한 드라이브가 그렇다. 바다와 손길이 닿지 않은 혀 모양의 곶, 치비타베키아(로마현의 항구 도시 - 옮긴이) 뒤쪽의 우산 소나무들. 그리고 물론 제라늄과 부겐빌레아가 있는 제노아와 리비에라의 아주 심한 지루함. 그 따분함이 너를 언덕과 바다 사이에 밀어 넣고 그곳의 환하고 호화로운 빛 속에서 몸을 돌릴 틈도 없이 꽉 붙잡은 것 같은 느낌을 준다. 독수리 목 모양의 언덕들이 아주 가파르게 내려간다. 그러나 우리는 첫날 밤을 레리치에서 잤다. 넘칠 듯이 가득 찬 바다, 녹색의 돛단배들, 섬, 색이 바래는 빛나는 붉은색, 노란색 등불들이 완벽하다는 인상을 준다. 그런데 이런 식의 완벽함은 나로 하여금 더 이상 펜을 잡지 못하게 한다. 그것은 너무 쉽다. 그러나 우리가 오늘 차를 타고 가는 동안 나는 [⋯] 올리브 나무들과 적갈색 흙과 낮게 깔린 녹색과 나무들을 생각했다.

일기, 1935년 5월 26일

# 스페인

## 그라나다

오늘 아침에 여느 때처럼 탐색하러 나갔다. 우리는
남쪽의 태양을 걸러내는 커다란 잉글랜드 나무들이 드
리운 것처럼 몹시 푸르스름한 그늘 안에 들어와 있
다……. 〔…〕 정원들은 무척 쓸모가 있다. 무늬가 새겨
진 작은 테라스에 있자니 대단히 뜨겁고 진한 향내가
풍긴다. 휴식을 취할 때 시내를 넘어 눈 덮인 산까지
바라다볼 수 있는 시원한 여름 별장들이 있는 이탈리
아 정원 같다. 오후에는 안내자가 알람브라궁전을 보여
주었다. 무어인의 호화로운 궁전으로 파손된 노란색 담
들 사이에 있었다.

일기, 1905년 4월 13일, 「버지니아 울프와의 여행」에서 발췌

이곳은 이 일대에서 우리가 본—언젠가 보았다고 말
하고 싶을 지경이야—최고의 장소야. 나는 정원의 도
마뱀처럼 일광욕을 했어. 당신에게 전혀 말하지 않은
것인데 영국의 8월만큼 뜨거웠어. 하지만 나는 오렌지

가 달린 나무들과 초록색의 커다란 잎들이 달린 온갖
다른 종류의 나무와 당신의 머리에 떠오를 만한 온갖
꽃들을 생각해. 그런 것들에 비하면 오두막집의 정원은
아무것도 아니야.

1905년 4월 24일자 바이올렛 디킨슨에게 보낸 편지

## 시에라네바다

붉은색과 하얀색의 이 허물어진 절벽은 보는 바와 같
이 셀 수 없이 많고 이루 형용할 수 없고 상상할 수 없
는 돌, 올리브 나무, 염소, 아스포델, 붓꽃, 수풀, 너럭
바위, 산마루, 퇴적물, 덤불, 골짜기 등으로 이루어져
있다. 늘 생각하고 있는 것이 부서져 짧은 문장이 된
다. 날이 덥다. 늙은 남자. 프라이팬. 날이 덥다. 처녀
의 모습. 포도주병. 점심 먹을 시간이다. 겨우 12시 반
이다. 날이 덥다. 그런 다음에 자꾸자꾸 이 모든 것들
이 나온다. 돌, 올리브, 염소, 아스포델, 잠자리, 붓꽃.
그리고 마침내 이 모든 것들이 환각을 통해 명령이 되

고 격려와 자극이 된다. 행군하는 병사들, 외로운 밤에 보초를 서는 위병들, 큰 대대를 거느린 대장들에게 어울리는 것처럼. 하지만 전투를 포기해야 할까? 경기를 중도에 포기해야 할까? 그렇다. 왜냐하면 구름이 고갯길 위를 떠돌기 때문이다. 노새들은 자신들이 무엇을 나르고 있는지 신경 쓰지 않는다. 노새들은 결코 걸려 넘어지지 않는다. 노새들은 길을 알고 있다. 왜 전부 다 노새들에게 맡기지 않는가?

「에세이」Essay 『네이션 앤드 애디니움』The Nation & Athenaeum 게재,

1923년 5월 5일, 「버지니아 울프와의 여행」에서 발췌

# 그리스

**아테네**

나는 안색이 창백한 이 흑인 여성들과 숄을 두른 여자들, 박쥐와 금달맞이꽃과 함께 남쪽 도시들에 나타나는 키 작은 깔끔한 남자들인 아리 랄라고스<sup>ari lalagos</sup>가 거리를 급히 지나가며 시끄럽게 떠들고 바람을 일으키는 오전 7시경의 아테네를 사랑한다. 마저리는 오늘 저녁에 아베로프 집에서의 잡담을 엿듣다가, 음의 높이가 영어와 같다고 말했다. 〔…〕 오늘 아침 온갖 꽃이 있던 정원에서 한 말이었다. 장미색과 보라색의 주름진 조개 같은 미나리아재비, 흑백 얼룩이 있는 나부끼는 붓꽃. 또 다른 발언은 다프니스의 비잔틴 교회에 해당되는 말이었다. "오, 그냥 도저히 믿기 어려울 정도예요. 내가 생각했던 것보다 더 훌륭해요." 하고 로저가 말하면서 모자와 지팡이와 가방과 두세 권의 안내서와 사전을 기둥에 내려놓았다. 그런 다음 우리는 모두 천장에 달려 있는 파랗고 하얀 모자이크에서 악몽보다 더 큰 복수심에 불타는 흰색의 그리스도를 올려다보았다. 우리는 이 교회가 무척 마음에 들었다. 교회는 높고 비바람에 부서졌으며 둥근 아치형이고, 모자이크는 대부분 벗겨졌다. 그리고 문에서 내다보이는 녹색의 무성한 나무들은 찬란하고 구름 낀 물결이 덮은 것 같다. 우리가 산책한 숲의 푸른 물결은 너무 밝고 너무 어둡다. 한 그리스 가족이 교회를 돌본다. 중년의 남녀들이 외투와 금반지를 낀 (남성들의) 도시 복장 차림으로 빙 둘러앉아 3시 30분에 신문을 읽는다. 이렇게 아무것도 안 하고 놀기, 즉 뚜렷한 목표가 없는 이런 태도를 나는 잉글랜드에서 본 적이 없다. 마지막으로 그중 가장 어린 사람인 어떤 여자가 숄을 두르고 가벼운 신발과 무명옷 차림으로 천천히 걸어가서 부서진 성벽을 기어 올라가 노란 꽃들을 꺾기 시작한다. 그밖에는 달리 할 게 없다. 그러고 나서 우리는 계속해서 바다로 갔다. 바다의 깨끗한 가장자리는 거친 파도에 닿을 때 얼마나 아름다운가. 언덕들을 배경으로 멀리 녹색의 평지와 엘레우시스Eleusis가 보인다. 푸르고 붉은 바위들과 출발하는 기선도 한 척 있다.

일기, 1932년 4월 21일

아테네에서 맞는 일요일이야. 우리는 점심을 먹었는데 아주 맛있진 않았어. 그리고 두 시간 동안 비잔틴의 유적들을 구경했어. 후텁지근하고 축축한 날이거든. 그리고 이제 히메토스<sup>Hymettos</sup> 산으로 이동하고 있어. 어제는 배를 타고 아이기나<sup>Aegina</sup> 섬으로 가서 너무나 아름다운 신전과 온통 테라스들에 조각되고 올리브와 야생화가 있는 섬을 구경했는데, 바닷물이 만으로 흘러들었어. (나는 물이 뚝뚝 떨어질 정도로 축축했음을 시인하지 않을 수 없어. 그리고 우리는 50명의 미국 고고학자들과 함께 그 지역을 돌았어) 그럼에도 아름다운 섬이야. 그래서 나는 언덕 꼭대기까지 뚜벅뚜벅 걸어가 야생 붓꽃과 이름을 모르는 별 모양의 노란 꽃과 자줏빛, 보랏빛, 푸른색, 흰색, 진주 빛깔의 작은 꽃들을 꺾었는데, 전부 다 대략 당신의 반지에 달린 보석 크기만

했어. 그것보다 크지는 않았어. 그리고 우리는 다프니스에 있으면서 올리브 숲들을 두루 돌아다녔고, 어떤 바위 위의 신전인 수니온^Sunion에서는 바위가 꽃들로 인해 부드러운데 전부 다 진주나 황옥보다는 크지 않아. 마저리 프라이는 강박적인 식물학자로, 바위에 웅크리고 앉아―그녀는 몸집이 러시아 곰 만해―주머니칼로 새기고 있어. 그리고 우리는 마라톤 근처의 숲에서 그리스 양치기들의 오두막을 보았고, 장미색 숄을 두르고 무척 아름답고 짙은 올리브색에 입술이 붉은 소녀가 돌아다니며 양 떼의 털 뭉치에서 실을 잣는 것을 보았어.

1932년 4월 24일자 비타 섹스빌웨스트에게 보낸 편지

그러니까 10시 5분 전이다. 그런데 나는 어디에서 펜과 잉크로 글을 쓰고 있는가? 내 서재는 아니다. 나는 델피의 골짜기 또는 계곡에서 어느 올리브 나무 아래의 메마른 땅바닥에 앉아 있는데, 땅바닥은 흰색 마거

리트로 덮여 있다. L은 내 옆에서 그리스 문법책을 읽고 있다. 나는 그곳에 호랑나비 한 마리가 날고 있다고 생각한다. 회색의 암석 단구들이 내 맞은편에 우뚝 솟아 있는데, 각각 올리브 나무와 작은 관목으로 뒤덮여 있다. 그리고 내 시선이 따라 올라가면 흑회색의 엄청나게 큰 헐벗은 산이 나오고, 그다음에는 완전히 맑은 하늘이 나타난다. 그러고 나서 다시 나의 눈길은 뜨거운 땅으로, 마거리트의 가운데 노란색에 앉아 있는 파리들에게 돌아간다. 그때 염소에 달린 종들이 울린다. 어떤 노인이 노새를 타고 갔다. 우리는 바로 델피가 위치한 산기슭에 있고, 로저와 마저리는 스케치를 한다. 그리고 메뚜기 한 마리가 마침 올리브 나무에 내려앉았다. 그래서 나는 곧 영원히 사라질 이 장면을 볼 수 있게 드러내려고 한다.

일기, 1932년 5월 2일


당신은 왜 여태 그리스가 무척 아름답다고 이야기해

주지 않았을까? 왜 바다와 언덕과 계곡과 꽃 들을 전혀 언급하지 않았을까? 내가 그걸 알아차리는 유일한 인간일까? 에델, 나는 이것으로 당신에게 그리스가 세상에서 가장 아름다운 나라라고 엄숙히 전하는 바야. 5월은 1년 중 가장 아름다운 계절이야. 그리스와 5월이 함께! 예를 들면 나이팅게일들이 있었는데, 우리가 개울에 앉아 있을 때 나이팅게일들은 사이프러스에서 노래했어. 나는 내 품을 진홍색 아네모네로 채웠어. 그랬어. 하지만 당신이 원하는 건 사실들, 그러니까 여행 안내서지. 좋아. 우리는 아테네에서 코린트로 갔어. 지진 이후 재건 중인 도시지. 코린트 만이 맹렬한 낙석들 때문에 막혔거든. 당나귀 다섯 마리가 낙석들을 수레에 실어 나르느라 여념이 없었어. 여섯 달이나 1년은 걸릴 거야. 그때까지 모든 교통편이 멈췄어. 델피는 고립되었어. 호텔에서도 오렌지를 구할 수 없었어. 코린트에서 (이곳을 전부 다 매력적인 운전사인 지올만이 대형 오픈카로 응고된 분화구 같은 도로 위를 완벽하게 태우고 다녔어) 미케네로 갔어. 맹세코, 굉장했어. 벌들이 아가멤논의 무덤에서 웅웅거리고 있어. 〔…〕 더위와 바람이 내내 심해지고 있어. 그리고 구경하는 동안 꽃이 피는 나무들이 펼쳐져, 티 하나 없는 푸른 하늘을 배경으로 보라색과 흰색과 진홍색의 장식 술을 만들어내고 있어(나에게 그 사실들을 증명하라고 요구하지는 마).

1932년 5월 4일자 에델 스미스에게 보낸 편지,

「버지니아 울프와의 여행」에서 발췌

나는 파르나스 샘〔델피〕에서 발을 씻었어. 바위란 바위는 다 연보랏빛 초롱꽃으로 덮었어. 그런데 어떤 영국 여자가 꽃들에 대해 말하는 게 무슨 의미가 있을까? 당신은 꽃을 다발로 사지. 이곳에서라면 당신의 머리에 꽃다발을 던질 거야. 나는 결코 그렇게 많은 꽃다발을 본 적이 없어. 어제 아이기나에서는 언덕 전체가 물푸레나뭇과 식물과 노란색 양귀비를 배경으로 붉은색이었는데, 내가 당신을 위해 그중 한 송이를 꺾었어.

이곳에는 썩고 있는 꽃잎들이 있어. 바닷물이 그 사이 어디에나 밀려들고 있어. 언덕의 꼭대기에 이르면 바다가 아래에 있어. 그리고 그 뒤쪽으로는 눈 덮인 산이 있고, 만은 에바—아니, 페르세포네여야 해—가 그곳에서 목욕했을 때 그대로야. 단 하나의 방갈로도, 단 하나의 오두막도, 단 하나의 찻집도 없어. 깨끗한 모래 위의 깨끗한 바닷물은 세상에서 가장 아름답다시피 해. 내가 그것을 얼마나 여러 번 말했고 바구니를 든 나이든 여자들에 대해 이야기했는지 당신은 알지. 그래서 전부 다 형태가 바뀐 성게와 아네모네가 우리 발아래에서 빨갛고 노랗게 떠다니는 동안 우리는 어제 바다로 돌진하여 에게해에서 수영했어.

1932년 5월 8일자 비타 섹스빌웨스트에게 보낸 편지,

「버지니아 울프와의 여행」에서 발췌

그러고 나서 나는 고개를 들어, 만 저편의 산들이 매우 예리하고 다채로운 것을 보았다. 그리고 바다는 넘

칠 듯이 가득 차고 매끄러웠다. 칼이 외피가 있는 내 몸속 장기를 마음대로 잘게 썬 것처럼 느껴졌다. 물감 통에 담가진 이처럼 생동감 있는 건장한 아름다움에서 부족한 어떤 것도 찾을 수 없었기 때문이다. 그래서 그 아름다움은 차갑지 않았고, 속된 어떤 것도 전혀 갖고 있지 않았다. 그럼에도 인류의 측면에서 보면 오래되어서 1센티미터마다 영국의 정원에서 자랄 수 있는 야생화가 있고, 농부들은 온화한 인간들이다. 그을리고 해진 그들의 옷은 비록 거칠지라도 연한 색깔이다. 이제는 인간들 사이에서 그런 것처럼 인간과 장소 사이에 교감이 있다. 그리고 나는 나이 먹은 여자로서 그리스를 사랑할 수 있을 거라고 생각한다. 일찍이 어렸을 때 콘월을 사랑했던 것처럼.

일기, 1932년 5월 8일

# 모두의 행복

초판 1쇄 인쇄  2025년 5월 8일
초판 1쇄 발행  2025년 5월 20일

지은이  버지니아 울프
옮긴이  모명숙
펴낸이  정중모
펴낸곳  도서출판 열림원
출판등록  1980년 5월 19일(제406-2000-000204호)
주소  경기도 파주시 회동길 152
전화  031-955-0700
팩스  031-955-0661                   페이스북  /yolimwon
홈페이지  www.yolimwon.com           트위터  @yolimwon
이메일  editor@yolimwon.com          인스타그램  @yolimwon

주간  김종숙                          기획실  정진우 정재우
책임편집  김혜원                        마케팅 홍보  고다희
편집  김은혜 정소영                      디지털콘텐츠  구지영
디자인  강희철                          제작 관리  윤준수 고은정 김선애

ISBN  979-11-7040-349-4 04800
ISBN  979-11-7040-275-6 (세트)